Für alle,
die über 23 Jahre „Vogler"
möglich gemacht haben.
Danke!

Thomas Vogler

DER KOTZENDE HUND

Kurz-Geschichten einer Bar

Bibliografische Information der Deutschen
Nationalbibliothek: Die Deutsche Nationalbibliothek
verzeichnet diese Publikation in der Deutschen
Nationalbibliografie; detaillierte bibliografische Daten
sind im Internet über http://dnb.dnb.de abrufbar.

Layout/Satz: Judith Hettlage und Thomas Vogler

Herstellung und Verlag:
BoD – Books on Demand, Norderstedt

ISBN: 9783753408606

„Der kotzende Hund" und alle anderen Kurz-Geschichten sind Geschichten aus der „Jazzbar Vogler", einer Bar, gelegen in der Münchner Innenstadt zwischen Viktualienmarkt und Gärtnerplatz, in der Rumfordstraße 17, einer Bar, in der es seit 31. Juli 1997 fast täglich Live-Musik gibt.

Eine kleine Auswahl dieser Geschichten von 1997 bis 2021 bilden den Hauptteil des „Kotzenden Hundes".

Aber: Das Haus, in dem das „Vogler" 1997 seinen Platz gefunden hat, wurde bereits 1876 erbaut und ist von Anfang an ein Haus voller, teils sehr seltsamen, abenteuerlichen, erstaunlichen, irrwitzigen Kurz-Geschichten.

Nur ein Teil dieser Geschichten von 1876 bis 1997 sind überliefert. Geschichten, die ich Ihnen ohne die Hilfe von Dr. Andreas Heusler vom Münchner Stadtarchiv heute nicht erzählen könnte.

Mit der „Unglaublichen Geschichte des Hauses Rumfordstraße 17" beginnt der „Kotzende Hund". Damit Sie sich ein besseres Bild von diesem sehr speziellen Haus machen können.

Viel Spaß!

Ihr Thomas Vogler

DIE UNGLAUBLICHE GESCHICHTE DES HAUSES RUMFORDSTRASSE 17

Sie wissen, es gibt kaum einen ehrbareren Beruf, als den des Gastronomen. Klar. Schon Lucius Lucullus soll 63 vor Christus gesagt haben: „Wer nichts wird, wird Wirt. Wer gar nichts wird, Betriebswirt. Und wer gar nichts ist: Jurist" (der Original-Beleg ist leider vom römischen Juristen Julius Paulus im 3. Jhdt. nach Christus, angeblich aus Versehen, aufgegessen worden).

Doch ein Gastronom ohne „Haus" ist wie eine Schnecke ohne selbiges – ziemlich nackt. Das Haus, in dem das „Vogler" seine Heimat finden durfte, befindet sich in der Münchner Rumfordstraße 17. Erbaut: 1876. Von Anfang an gab es im Erdgeschoss einen gastronomischen Betrieb.

Im Zuge von „20 Jahre Vogler" 2017 habe ich versucht, die spannende Geschichte des Hauses „Rumfordstraße 17" und seiner vielfältigen Gastronomen zu recherchieren. Nicht zu allen Gastronomen (und es gab oft einen Pächter-Wechsel) gibt es Geschichten und/oder Belege.

Natürlich kratzt so eine „Geschichte über ein Haus und seine Gastronomen" nur an der Oberfläche. Es ist nicht möglich, den einzelnen Gastronomen gerecht zu werden, da ich nicht weiß, welche Probleme, Ängste, Hoffnungen es gab, welche Rückschläge sie verkraften mussten, mit welchen Schwierigkeiten sie zu kämpfen hatten. „Der Mensch" hinter den Namen bleibt meist verborgen. Aber trotzdem hoffe ich: Die folgenden Zeilen geben Ihnen einen kleinen, abwechslungsreichen Einblick in die Höhen und Tiefen eines einzigartigen Hauses.

Der erste Beleg, der sich im Stadtarchiv über gastronomische Betriebe in der Rumfordstraße 17 finden läßt, ist der Nachweis einer „Wirthschaft" aus dem Jahr 1884. Damals war die jetzige „17" noch die „13" (wann und warum die Nummerierung geändert wurde, läßt sich leider nicht mehr nachvollziehen). Aus dem Dokument geht hervor, dass es schon 1876, also bei Fertigstellung des Hauses, eine „Wirthschaft" gab – und von 1880 bis 1884 bereits vier Pächter-Wechsel.

In dem Papier werden für die damalige Zeit wichtige Voraussetzungen für eine „Wirthschaft" abgefragt. Zum Beispiel:

„Schlaffstätten der Dienstboten", in diesem Fall waren sie: „hell und trocken". „Dienstboten-Schlafstätten" ist nicht unbedingt das, was ich mit einer einfachen Wirtschaft in Verbindung bringen würde. Und nein, ein „Kellner" war auch damals schon ein „Kellner" – und kein Dienstbote.

Auch der „Bierkonsum" wurde notiert. Warum nur der und warum das für die Stadt überhaupt von Interesse war, ist nicht schlüssig nachvollziehbar. Noch dazu gehörte das Haus damals dem „Privatier Carl Strobel" und keiner Brauerei. Der Bierkonsum war jedenfalls „in letzterer Zeit gering (…)". Aber vielleicht wollte die Obrigkeit einfach nur ganz genau wissen, wieviel in ihrer Stadt so gesoffen wurde.

Und: „Wohnungsraum, ob von der Wirthschaft getrennt und ob eigener Eingang". Im Umkehrschluss könnte man meinen, daß es damals Wirtschaften gab, in denen sowohl gewohnt wie auch ohne direkte räumliche Trennung ausgeschenkt und gekocht wurde – die Socken des Gastronomen hingen wahrscheinlich zum Trocknen über dem Tresen.

Frage 20 bezieht sich darauf: „Welche Seelenzahl trifft ungefähr auf diese Wirthschaften zusammen und sonach im Durchschnitte auf jede einzelne?". Wenn da mal nicht der Pfarrer seine Finger mit im Spiel hatte. Leider war es dem Beamten ganz offensichtlich zu doof, dies auszurechnen. Seine Notiz: Nur ein Strich. Wahrscheinlich war er Atheist … (Ok, ok: Es könnte damals darauf geachtet worden sein, daß nicht zu viele Wirtschaften auf eine zu geringe „Seelenzahl" fallen. Ein Modell, das vielleicht auch heute bedenkenswert wäre.)

Beispiele für Gastronomen?! Johann Schmid ist z.B. ein Wirt, der in der Rumfordstraße 17 gleich zweimal sein Glück versuchte: Von 1892 bis 31. Mai 1899 und vom 1. November 1899 bis 30. April 1901. Schmid war „rechtskräftig verurteilt". Sein posthumes Glück: Das Krickelkrackel des Beamten, warum er verurteilt wurde, ist fast nicht mehr lesbar. Es könnte „Überziehung der Sperrstunde" heißen. Es könnte aber auch etwas ganz anderes gemeint sein. Folgende „Übersetzungen" meiner Gäste gab es: „Übertretung der Schließstunde", „Übertretung der Polizeistunde(n)", „Überziehung der Putzstunde", „Überziehung der Polizeistunde", „Übertretung der Polizeidecrete" – suchen wir uns eine raus.

Schmids Pächterschaft wurde unabhängig seiner Verurteilung geprägt von Problemen, die gerade im Hinblick auf einen historischen Rückblick von nicht zu unterschätzender Größe und nahezu weltpolitischer Relevanz sind: Schmid hatte Probleme mit dem „Damenabort".

Im Gewerbeamt wurde 1892 deswegen ein eigener Akt angelegt. Schmids Problem: Buchdruckergehilfen pinkelten in das auf dem Gang liegende, trotz amtlicher Weisung immer noch nicht erneuerte und korrekt gekennzeichnete Damenabort. Dem Buchdruckergehilfen als solchem war aber wohl kein Vorwurf zu machen, da Schmid, aus welchen Gründen auch immer, kein Schild anbringen wollte, daß das Damenabort ein Damen- und kein Buchdruckergehilfenabort (was für ein wunderbares deutsches Wort) war. Nicht überliefert ist, wo der Buchdrucker-Meister und seine Gesellen ihr Geschäft verrichteten. Und warum das Damenabort auf dem Gang lag. Und wo eigentlich das Herrenabort war. Und eine Buchdruckerei. Ich bin mir sicher, eines Tages werden Historiker diesen geradezu existentiellen Fragen auf den (Abort)-Grund gehen.

Doch Schmid hatte nicht nur ein Abort- sondern auch noch ein Glaubwürdigkeitsproblem: „Den Angaben des Schmid dürfte überhaupt wenig Glauben beizupflichten sein." Schmid dürfte das alles ziemlich K… gefunden haben.

Schmid war zweimal Pächter in der Rumfordstraße 17. Mit einer Pause von fünf Monaten. Ich weiß, Sie denken jetzt: „In den knapp 5 Monaten wurde halt umgebaut." Nein, da gab es einen weiteren Gastronomen: Anton Zucker, der wiederum ein zweites Mal das Lokal übernahm: 1907, nach: Philipp Reindl, der vom 1. Mai 1901 bis zum 30. September 1907 Wirt in der Rumfordstraße 17 war. Warum diese ständigen

Wechsel und Wieder-Verpachtungen an die selben Gastronomen?! Weiß man nicht. Philipp Reindl jedenfalls war ein wei-
terer Gastronom mit einer nicht ganz weißen Weste. Ein
„Auszug aus dem Strafregister" des Gastwirtes: Das Militär-
bezirksgericht München verurteilte Reindl wegen „Vergehen
des Diebstahls gegen Vorgesetzten", „Vergehen der Unter-
schlagung", „fortgesetztes Vergehen des Mißbrauchs der
Dienstgewalt". Dafür gab es „4 Monate 15 Tage Gefängnis"
und eine „Degradation". Das „Amtsgericht München" verurteilte Reindl dann auch noch wegen der „Unbefugte(n) Aus-
übung seiner Schankwirtschaft" zu 50 Mark, ersatzweise 10
Tage Haft.

Ab dem 23. April 1908 geht das Haus in den Besitz von Ga-
briel Sedlmayr über, der erst einmal: umbaut. In eine Gaststätte mit Kegelbahn. Wirt ist immer noch: Anton Zucker (bis 31.
Juli 1922). Seit dem Umbau heißt das Lokal „Bierwirtschaft
Belvedere". Die „schöne Aussicht" war auch damals nach
vorne nicht viel anders wie heute: Ein Haus. Könnte aber, im
Gegensatz zu heute, durch einen unbebauten, grünen großen
Innenhof mit möglicherweise durchfliessendem Stadt-Bach,
altem Baum-Bestand und einem damals benutzen Biergarten
nach hinten raus eine schöne Aussicht gehabt haben. Könnte.
Dies ist heute durch die komplette „Verdichtung" der Innen-
höfe und die Trockenlegung fast aller Stadtbäche nur noch
schwer vorstellbar. Aber: Das Lokal hatte eine neue Kegelbahn. Und die spielt ebenso eine Rolle wie der Nachfolger
von Anton Zucker: Josef Lindenmüller, offensichtlich ein
Unterstützer des paramilitärisch organisierten „Stahlhelms",
„mit seinen (…) rund 500.000 Mitgliedern (der) stärkste

Wehrverband des Deutschen Reichs", der sich später mit der NSDAP und der DNVP zur „Harzburger Front" zusammenschloss und in die SA eingegliedert wurde. (Quelle: Deutsches Historisches Museum, Berlin)

Am 31. Mai 1929 „erscheint Josef Lindenmüller, Schankwirt, Rumfordstraße. 17 und bittet um die Erlaubnis, während der sog. Stahlhelmtage vom 31. Mai 1929 bis 3. Juni 1929 in seiner Kegelbahn ein Massenlager errichten zu dürfen (für ca. 100 Mann)". Die „Bezirks-Inspektion des 12. Stadtbezirkes" bestätigt u.a.: „Die Kegelbahn dürfte als Massenquartier geeignet sein." Auch der Stadtrat hat keinen Einwand. Bedingung u.a.: „Handfeuerlöscher (mindestens einige gefüllte Wassereimer) sind bereitzustellen".

Die „Stahlhelmtage" könnten Josef Lindenmüller motiviert haben: „Es erscheint der Bierwirt Josef Lindenmüller, Rumfordstr. 17 wohnhaft und erklärt: (…) Ich bitte um die Genehmigung zur Verwendung eines Teiles des Nebenzimmers (Kegelbahn) zu Schiesszwecken." Die Verlängerung des jetzigen „Bühnen-Raums" (früher: das Nebenzimmer) war: Die Kegelbahn. Links davon im Rückgebäude, das den Krieg nicht überlebt hat: Ein 71 qm großes „Gesellschafts-Lokal" mit kleinem Schiesstand. Der Stadtrat genehmigte 1929 auch dies. Und bewilligte im gleichen Jahr eine umfangreiche Erweiterung des Schiessstandes über die komplette Länge des ehemaligen „Gesellschafts-Lokals", der dann zum „Lagerraum" umfunktioniert wurde.

Sie werden sich vielleicht fragen, wie, wo und warum sich Josef Lindenmüller. „radikalisiert" haben könnte. Ich habe die

Antwort gefunden. Josef L. wurde zwei Jahre vorher wegen des Verkaufs von fünf Zigaretten vor seinem Lokal zu einem ganzen Tag Haft verurteilt. Die Haft musste er auch antreten.

Der Beamte schreibt: „Lindenmüller Josef, wurde am 23.3.27 nachm. 8:08 Uhr betroffen, als er von der Gaststätte an der Rumfordstr. 17 an 1 Straßenpassanten 5 Stück Zigaretten verkaufte, ohne dass letzterer ein Getränk einnahm. (…) Strafbefehl vom 30.5.27: (…) 1 Tag Haft. Am 26. Sept. 1927.“

„Betroffen“ macht eher, dass für den Beamten 8:08 Uhr schon Nachmittag und Rauchen nur mit Trinken erlaubt war – und womit sich die Staatsanwaltschaft des Landgerichtes damals so alles rumschlagen musste.

Hätte Josef Lindenmüller dem Passanten eine ganze Stange Zigaretten verkauft, wäre er wohl für 40 Tage ins Gefängnis gewandert. Dabei gab es damals doch noch gar kein Rauch-Verbot.

Der Gastronom verstarb am 10. Juni 1942. Seine Frau beantragte am 16. Juli 1942 die Konzession-Übernahme, von der u.a. der „Oberbürgermeister der Hauptstadt der Bewegung“ am 11. August 1942 in Kenntnis gesetzt wurde.

Am 15. Oktober 1947 gibt sie die „Bierwirtschaft Belvedere“ wegen Krankheit wieder auf.

Drei Jahre vorher, 1944, wurde das Gebäude durch Bomben zwar beschädigt, aber nicht zerstört. Am Erdgeschoss hat sich bis heute kaum etwas geändert.

1947 vermerkt die Stadt München: „Die Betriebsräume wurden durch Luftangriffe sehr stark in Mitleidenschaft gezogen." Trotzdem möchte der Kellner Karl Alber das „Belvedere" am 16. Oktober 1947 übernehmen und erhält eine „vorläufige Betriebserlaubnis". Im „Akt der Gewerbepolizei" findet sich ein Bauplan vom 18. Dezember 1947. Auch dort ist noch ein Schiesstand und eine Kegelbahn verzeichnet.

„Vorläufig" vor allem deshalb, weil seine Ehefrau ein umfangreiches Vorstrafenregister („Diebstahl, Hausfriedensbruch, Pfandbruch und Gewerbsunzucht") vorzuweisen hat und „früher einmal als Prostituierte in einem auswärtigen Bordell tätig (war) und (…) auch in München (…) als Lohndirne Ihren Lebensunterhalt (bestritt)".

Diese „Verfehlungen der Ehefrau" liegen zwar bereits 14 Jahre und länger zurück, aber trotzdem ist der Stadt das Ganze nicht geheuer. Erschwerend kam dazu: „Der Antragsteller selbst befand sich im Jahre 1933 ca. 3 Monate lang wegen Geisteskrankheit in der Heil- und Pflegeanstalt". 1933?! Wer mag es ihm verdenken. „Unter diesen Umständen wird vorgeschlagen (…) die Betriebsführung während (einer) 3-monatigen Frist eingehend überwachen zu lassen."

"Nach Behebung der Fliegerschäden" und dem Bestehen der drei-monatigen Überwachung durch die Bezirksinspektion, erhält Karl Alber am 24. September 1951 die „Befugnis zum Ausschank von Bier, Wein, Branntwein und nichtgeistigen Getränken täglich bis zur Sperrstunde 1 Uhr". Der „monatliche Bierverbrauch zum Genuss an Ort und Stelle" lag bei 6,6 hl. Der Stadtrat moniert am 24. September 1951 allerdings

„das Fehlen einer Speisekammer". Wo die Lebensmittel dann aufbewahrt wurden?! Bleibt Ihrer Phantasie überlassen.

Am 31. März 1952 schliesst das „Belvedere" wieder. „Grund der Betriebseinstellung: Kündigung". Warum Karl Alber gekündigt wurde, ist nicht mehr nachvollziehbar. Der zuständige Mitarbeiter der Spaten-Brauerei ist doch schon glatt in Rente gegangen.

Am 22. April 1952 kommt es zur Neu-Verpachtung an einen „Metzger und Schenkkellner". Der Antragsteller ist „50 % kriegsversehrt (…), Spätheimkehrer, Entlassung aus russischer Kriegsgefangenschaft am 26. November 1949". Bereits einen Monat später, am 24. Mai 1952 stellt die 18 Jahre ältere Mutter des Gastronomen, von Beruf „Wirtschaftsköchin", vorher Teilhaberin bei Ihrem Sohn (und 1938/1939 Pächterin der Bierwirtschaft „Zum fröhlichen Türken" in der Arcisstraße), einen Antrag zur Fortführung der „Bierwirtschaft Belvedere". Ihr Sohn wird nun Teilhaber.

Noch immer wird allerdings von Amts wegen das Fehlen einer Speisekammer moniert. „Nichtgeistige Getränke" dürfen weiterhin ausgeschenkt werden. Folgende Auflage muss erfüllt werden: „Die Wände im Damen- u. Herrenabort sind 1.50 m hoch abwaschbar herzustellen." Die Festpacht beträgt „5 % aus dem Gesamtumsatz mindestens 170,– DM monatlich", die „Kaution 1.000,– DM in bar".

Und schon wieder gibt es Probleme mit dem WC. Am 24. Juli 1952 stellt die „Direktion der Städt.-Bezirk-Inspektion" fest: „bisher ist nur die Wand im Damenabort 1,50 m hoch abwaschbar hergestellt worden. Im Herrenabort ist diese Auflage noch nicht vollzogen." Am 3. September 1952 schreibt der „Stadtdirektor der Landeshauptstadt München" einen zweiseitigen Brief: „Bei einer Besichtigung Ihres Betriebes musste festgestellt werden, daß Sie die (…) Auflage – die Wände im Herrenabort 1,50 m hoch abwaschbar herzustellen (…) bis heute nicht erfüllt haben. Zu Durchführung (…) wird Ihnen ausnahmsweise eine weitere Frist bis 15. Oktober 1952 eingeräumt. Sollten die Arbeiten bis zu diesem Zeitpunkt nicht ausgeführt sein, so müsste zu unserem Bedauern gegen Sie Strafanzeige nach (…) erstattet werden." Am 22. Oktober 1952 vermerkt die Stadt: „Die gestellte Auflage ist nun vollzogen". Am 30. November 1952 „zeigt der Gastronom an", wegen eines „Pächterwechsels" die „Bierwirtschaft Belvedere" aufzugeben.

Im Stadtarchiv findet sich auch ein kompletter Pachtvertrag aus dem Jahre 1952. Der Pachtvertrag bezog sich auf folgende Pachträume: „Gastzimmer mit Schenke, Nebenzimmer, Küche, Herren- u. Damenaborten, Bierkeller, Schlachthaus". Schlachthaus?! 1952?! Wo sich das befand, ist leider nicht mehr recherchierbar. Interessant wäre aber auch zu wissen, ob die Tiere durchs Lokal oder durch den Hausgang getrieben wurden. Oder gab es vielleicht sogar eigene Stallungen?! Im Hof?! Vor dem Lokal?! Im Gastraum?! Fragen über Fragen.

Eine Reihe der vertraglichen Passagen wären so wohl heute nicht mehr durchsetzbar:

• „Die von der Brauerei vorgeschriebenen Ausschank- und Verkaufspreise sind einzuhalten".

- „Pächter verpflichten sich, die Wirtschaft (...) unter persönlicher Leitung ununterbrochen in Betrieb zu halten und ihre volle Arbeitskraft ausschliesslich für den Betrieb einzusetzen.

- „... der Führung einer guten, preiswerten Küche ist die grösste Aufmerksamkeit zuzuwenden."

- „Die Wirtschaft muss stets als Bierspezialausschank geführt werden. Die Abgabe von sonstigen Getränken jeder Art, insbesondere von Wein, Spirituosen, alkoholfreien Getränken, Kaffee und dgl. darf nur mit vorheriger, jederzeit widerruflicher Zustimmung der Verpächterin erfolgen."

- „Die Plakate der Brauerei sind an und in den Pachträumen in genügender Anzahl anzubringen."

- „Verpächterin bzw. deren Vertreter sind berechtigt, (...) (in die Unterlagen) der gesamten Geschäftsführung jederzeit Einsicht zu nehmen. Pächter sind verpflichtet, der Verpächterin auf Verlangen jederzeit Auskunft über Umsätze, aufgeteilt nach den Wünschen der Verpächterin, zu geben. Pächter sind verpflichtet, Geschäftsempfehlungen und sonstige Drucksachen, die sie für die Wirtschaft anfertigen lassen, vor Ausführung der Verpächterin vorzulegen und etwaige Wünsche derselben zu berücksichtigen."

Was ein Glück, dass sogar ich im Jahr 1952 noch nicht geschäftsfähig war, sondern erst 1997 meinen Vertrag unterschrieben habe.

Leider werden ab 1952 die Unterlagen im Stadtarchiv sehr dürftig. Wir machen einen großen Sprung. 1969 z.B. hieß das

Lokal „Pico 17" und war eine „Diskothek und Film-othek" (wie auch immer das zusammenpasst).

Es ist extrem schwer, Gastronomen zu finden, die früher Pächter in der Rumfordstraße 17 waren. Liegt natürlich an: „So lange her", an den ständigen, manchmal jährlichen Wechseln, aber auch daran, daß es keinerlei Unterlagen mehr gibt (und das jetzt allwissende Internet war damals ein Nix-da-net).

Aber einen Ex-Pächter gab es. In Miami. Alex Richter. Er führte dort das „Royal Bavarian Schnitzel Haus" und hatte Anfang der 80er-Jahre das „Bett" in der Rumfordstraße 17. Das „Bett" war eine Discothek und dem Schlafzimmer der Schauspielerin Jayne Mansfield nachempfunden – einem „Sexsymbol" der 50er: „Jayne Mansfield (…) macht mit ihrem Schlafzimmer posthum Furore. Tanzt doch die Münchner Szene seit einigen Wochen in der neuen Superdisco ‚Bett' – dem Nachtgemach des Busenstars getreulich nachgebildet mit allerlei Nachtschränkchen, Spiegeln und viel Marmor. Der Clou des noblen Etablissements: ein riesiges Messingbett mit rosa und himmelblauer Bettwäsche, das über der Tanzfläche schwebt."

Alex Richter: „Das Bett war meine Idee nachdem ich als Geschäftsführer im ‚Charly M' am Maximilansplatz gekündigt hab. Auf der Suche nach einer neuen Location fand ich das ‚Pico 17', eine Teenie-Disco die immer leer war. Nach dem ‚Pico 17' kam noch das ‚Memory', ein Rock'n Roll Club (…) Mein Vertrag begann 1979 (…), nach 6 Monaten Umbau eröffnete ich, aber ich war zeitweise mehr im KVR als im

Lokal wegen der Lärm-Beschwerden. „Ich glaube für München war meine Idee zu früh, die Leute hatten einfach den Namen nicht verstanden, viele dachten es wäre ein Puff und so manche Ehefrau hat uns angerufen und beschimpft weil ihr Ehemann ne Einladung bekam. Ich hab viele Write Ups und Photos von Michael Graeter, der damals bei der AZ war, (…) hatte auch zwei große Löcher in der Decke der Toiletten weil die Gema für zwei extra Lautsprecher kassieren wollte, die ich dann entfernt hab …"

„Ich gab das Lokal dann weiter zu einem Freund der Drummer war bei den ,Bamboos of Jamaica', (…) der es als Speiselokal ,Nevilles' eröffnete, leider funktionierte es nur während der Modewoche mit Live Music. Das ,Nevilles' gab es nur ein Jahr."

Danach, ca. 1983/1984, hiess das Lokal auch mal nur „R 17", um dann zum „M M Bistro" (und „R 17 Pub") umgenannt zu werden. Ende der 80-er, Anfang der 90-er wurde das gesamte Haus vom Hausbesitzer, der jetzigen „Sedlmayr KGaA" noch einmal komplett umgebaut und aufwendig renoviert.

Laut dem „Betriebsbuch für eine Getränke-Schank-Anlage" eröffnete dann Dimitros Godelis am 21. September 1992 das „Emigrec", ein griechisches Restaurant, das er bis 17. Juni 1994 führte. Vom 7. November 1994 bis 25. April 1995 gab es „Tillmann's Bar" von Tillmann Weber und vom 26. Oktober 1995 bis 9. Juli 1997 das „Car" von Franz Prost.

Am 31. Juli 1997 eröffnete ich die „Jazzbar Vogler". Ohne jemals in der Gastronomie gearbeitet zu haben. Ohne einen einzigen Musiker zu kennen. Vor mir wechselten die Betreiber so oft (und es sah lange, lange nicht danach aus, als könnte ich es schaffen), daß ein Spirituosen-Lieferant, mit dem ich vor der Eröffnung sprach, meinte: „Ich beliefere Sie. Aber nur wenn Sie immer sofort bezahlen. Sie müssen wissen: Auf dem Lokal liegt ein Fluch!"

Wie Sie dem „Kotzenden Hund" entnehmen können, konnte ich den Fluch bis zum heutigen Tag besiegen. Bis jetzt.

Ich wünsche Ihnen viel Spaß mit meinen nun folgenden Kurz-Geschichten. Und danke allen, die dazu beigetragen haben. Bewusst oder unbewusst.

Ihr Thomas Vogler

(alle Belege zur „Geschichte des Hauses Rumfordstraße 17" und viele weitere finden Sie auf meiner Homepage jazzbarvogler.com)

1.

Am Donnerstag, 26. März 1998, hing ich folgenden Text an meine Tür – und schickte ihn an meinen Medien-Verteiler. Per Fax. Damals hatte ich weder Homepage, noch Newsletter-Verteiler. Und Mark Zuckerberg war erst 14 Jahre alt.

„Veranstaltungshinweis: Einen Abend der Extraklasse gibt es diesen Mittwoch in der Jazzbar Vogler: Anläßlich eines Live-Mitschnitts von RAI Uno, dem italienischen Fernseh-Sender, singen drei Musiker von Weltklasseformat einen Abend zu Ehren Bert Brechts: Paolo Conte begleitet am Klavier Ute Lemper und, direkt vom Jazz-Festival in Burghausen, Dee Dee Bridgewater. Um den Abend abzurunden kocht Eckart Witzigmann Brechts Lieblingsgerichte und stellt seine neuesten mallorcanischen Kreationen vor. Finanziert und gesponsert wird der Abend von RAI Uno, dem Kulturreferat der Stadt München und der Tom-Bördler-Stiftung. Der Eintritt ist somit frei, Beginn ist 20:30 Uhr."

Innerhalb nur weniger Stunden war das „Vogler" komplett ausreserviert.

Am Veranstaltungs-Tag verschickte ich auf Medien-Anfrage ("Sagen Sie mal, das ist ja Wahnsinn, wer da heute alles kommt, aber: Wen erwarten Sie denn noch so heute Abend?!) auch noch folgende „Gäste-Liste":

„Sehr geehrte Frau (…), wie telefonisch besprochen, eine, wenn auch späte, vorläufige Gästeliste, wobei ich Ihnen leider keine Garantie geben kann, wer denn nun auch wirklich kommt: Paul Bocuse und Konstantin Wecker (im Gefolge von

Eckart Witzigmann), Milva und Adriano Celentano (im Gefolge von Paolo Conte), Manfred Krug und Nina Hagen (im Gefolge von Ute Lemper). Es würde mich freuen, wenn Sie heute ein paar Minuten Zeit hätten."

Das Fax war noch gar nicht richtig draußen, schon klingelte wieder mein Telefon: „Das ist ja unglaublich. Wir schicken ein Team! So viele Stars! Ich kann mich nicht erinnern, wann Adriano Celentano das letzte Mal in München war." – Ich auch nicht.

Der Medien-Rummel war enorm. Alle, aber wirklich alle wollten bei diesem Event dabei sein. Fernseh-, Radio-Sender, Tageszeitungen, Presse-Agenturen. Ein Radio-Sender lud zu diesem „Highlight" extra das Management eines großen Unternehmens ein. Der Redakteur des ersten Fernseh-Teams kam auf mich zu und meinte: „Woher kennen Sie denn all diese berühmten Leute?!" – „Ich habe früher mal beim Radio gearbeitet." – Er, geknickt: „Das habe ich auch. Aber ich kenne keinen einzigen".

Aber nicht nur die Medien waren hin und weg: Die ersten Gäste kamen vor der Tür mit offenen Armen auf mich zu, umarmten mich und sagten: „Wir sind Freunde von der Ute Lemper. Sie meinte, sie hätten doch sicher noch Plätze für uns. Wir haben es leider nicht geschafft, zu reservieren."

Sicherheitshalber hatte ich an dem Abend einen Türsteher.

Aber: Es wurde ja nicht nur ein musikalisches Highlight erwartet, nein, auch ein kulinarisches. Damals hatte ich einen Koch, Stephan Jäger, 16 Jahre Chefkoch des Hotels „Vier

Jahreszeiten", der „Witzigmann-Like" kochen konnte. Es gab zum Beispiel: „Hummer-Suppe an Klößchen vom schottischen Wildwasser-Lachs a' la Mutter Courage". Auf der Speise-Karte tummelten sich „Pommes de Brat" (für Brat-Kartoffeln) oder „erdbeeroise" (für Erdbeeren). Daß das, genauso wie meine „An-Über-Unter"-Texte, nur zum Teil einen Sinn ergab (und insgesamt nichts, aber auch gar nichts mit „Brechts-Lieblingsgerichten" zu tun hatte), wollte niemandem auffallen. Auch die Einleitung zur Speisekarte hätte schon zu Denken geben können:

„Guten Abend! Ein kurzer Überblick über das Programm: Speisen und genießen Sie in Ruhe, Edgar Wilson am Piano und der Sänger Freddy Lee Strong werden Sie dabei begleiten. Freuen Sie sich dann vor dem großen Event auf eine kleine Aufmerksamkeit des Hauses. Bitte bedenken Sie, daß wir eine kleine, freie, nicht subventionierte Bühne sind. Wir wünschen Ihnen mit all unseren berühmten und weniger berühmten Gästen einen wunderbaren Abend."

Es wurde gegessen, als gäbe es kein Morgen mehr. Denn: es war „Witzigmann". Und günstig.

Am „Erwartungs-Höhepunkt" um kurz vor 21 Uhr liess ich knapp 100 vorbereitete Campari-Orange verteilen, an denen folgender kleiner Zettel befestigt war:

„Liebe Gäste, wir freuen uns, dass Sie uns zutrauen, mit Paolo Conte, Ute Lemper, Dee Dee Bridgewater und Eckart Witzigmann gleich vier internationale Größen auf die Bühne (und an den Herd) zu stellen, wir freuen uns aber auch, daß

Sie gemeinsam mit uns den 1. April feiern wollen. Nichts für ungut, Ihr Thomas Vogler"

Die Reaktionen?! Großartig. Der Abend war so hoch aufgehängt, daß man sich eigentlich nur selbst an die Stirn greifen konnte, darauf hereingefallen zu sein. Mein an dem Abend aufgestautes Adrenalin ist allerdings immer noch nicht ganz abgebaut. Ok, einen enttäuschten Gast gab es. Einen Rechtsanwalt. Er sei extra aus Bogenhausen angefahren, um die Künstler zu erleben. Ich hätte deren Persönlichkeits-Rechte verletzt. Ich würde von ihm hören. So gerne hätte ich das. Ich warte bis heute.

Der einzige Wermutstropfen: So einen Abend kann man nur einmal machen. Wirklich?! 1999 versuchte ich mich an einer Fortsetzung. Aber das ist eine andere Geschichte.

ADOLF

• Ein Dienstag, kurz nach 1 Uhr, Tür geht auf, Mann kommt mit brennender Zigarette rein, setzt sich neben mich ans Ende der Bar: „Ich bin der Helmut. War 14 Monaten im Irak. Und auf den Golan-Höhen. Habe alles verloren." (lange Pause) „Und mein Opa war der Adolf." Steht auf. Und geht wieder.

• Band-Bewerbung und Demo bekommen. Meine Antwort: „Hallo (…), vielen Dank für CD und Ihre Mail, aber leider passt Ihre Band nicht ins Vogler-Programm." Die Antwort des Musikers: „Sehr geehrter Herr Vogler, vielen Dank für die nette Mail, stimmt Jazz ist ein sehr weiträumiges Feld. Wenn Adolf Hitler Jazzer gewesen wäre, müssten wir (meine Musiker und ich) wahrscheinlich ins KZ. Sie sollten den Namen Ihrer Lokalität überdenken."

AFRIM

In der nicht gerade ereignisarmen Geschichte des „Voglers" war ein Kapitel, an das sich viele von Ihnen vielleicht noch erinnern werden, die Abschiebung meines Kochs Afrim durch den ehemaligen bayerischen Innenminister Günther Beckstein, CSU, im Jahr 2000. Auch damals konnte die CSU mit Flüchtlingen nicht so wahnsinnig viel anfangen. Afrim kam aus dem damaligen Kriegsgebiet Kosovo, war mein, hervorragender, Allein-Koch – und unterstütze mit dem verdienten Geld seine völlig auf ihn angewiesene Familie im Kosovo.

Um das zu schaffen, arbeitete Afrim zum Teil in zwei weiteren gastronomischen Betrieben. Afrim war natürlich kranken- und sozialversichert und zahlte seine Steuern, fiel dem Steuerzahler also nicht „zur Last". Einen Koch wie Afrim hat das „Vogler" nicht wieder gefunden. Das Haupt-Argument der „Bayerischen Staatsregierung" war damals: Afrim würde einem Deutschen einen Arbeitsplatz wegnehmen. Wer sich nur ein bisschen in der Gastronomie auskennt, weiß, was das für ein, sorry, bescheuertes Argument ist.

Neben einer Petition an den Landtag, einer Unterschriftenliste, einer Fast-Heirat, der politischen Intervention des Landtags-Präsidenten, Landtags- und Stadtrats-Mitgliedern an den damaligen bayrischen Innenminister Günther Beckstein, einem über zehn Meter langen und ein Meter breiten Transparent über der Bar „Unser Koch Afrim darf nicht abgeschoben werden", wurde im benachbarten „Pilot-Studio" die CD „Ich bleib', ich bleib' da" von „Afrim & Die Voglers" („Die Voglers" waren: Marc Schnotalla, Stefan Buchner und ich) aufgenommen, mit einem Text auf die Melodie von „Ich will Spaß, ich will Spaß" von „Markus", dessen Manager 2000 freundlicherweise die Genehmigung dazu erteilte. Lassen Sie sich noch einmal kurz die Melodie ins Ohr tropfen – und los:

AFRIM: Ich bin Afrim und steh' am Herd, Beckstein findet mich total verkehrt, schiebt mich ab

CHOR: Schiebt ihn ab, schiebt ihn ab

AFRIM: Ich finde das überhaupt nicht ok, der Afrim tut doch keinem weh, ich bleib' da

CHOR: Ist doch klar, ist doch klar

AFRIM: Ich soll raus, ich soll raus –

CHOR: Er bleibt da, er bleibt da

AFRIM: will nicht geh'n, will nicht geh'n

CHOR: Wär' das schön, wär' das schön

AFRIM: Herr Beckstein hab' doch auch ein Herz, Du spürst doch sicher auch Afrims Schmerz, laß mich da

CHOR: Lass ihn da, lass ihn da

AFRIM: Und wenn ich für Dich kochen soll, scheißegal, ich mach's Dir toll, ich koch' gut

CHOR: Er kocht gut, er kocht gut

AFRIM: Ich koch' gut, ich koch' gut

CHOR: Habt doch Mut, habt doch Mut

AFRIM: lass mich da, lass mich da

CHOR: Ist doch klar, ist doch klar

AFRIM: Deutschland, Deutschland spürst Du mich

CHOR: Afrim, Afrim wir brauchen Dich

AFRIM: ich bleib da

CHOR: Du bleibst da, du bleibst da.

CHOR: Der Afrim ist unser bester Freund –

AFRIM: hui, wasn Spaß, wenn ich dann bleib …

Die „AZ" und „TV-München" hakten dann bei Innenminister Beckstein nach, ob er sich denn die CD schon angehört habe (selbstverständlich hatte dieser ein besonders schönes, handsigniertes Exemplar bekommen, Ehrensache). Sein Büro: „Leider nein. Es gibt keinen CD-Spieler im Innen-Ministerium". Eine Steil-Vorlage. Es folgte ein Benefiz-Abend unter dem Motto: „Vogler hilft Beckstein – hilft Beckstein Vogler?!". Es wurde für einen Ghetto-Blaster gesammelt. Mit diesem zogen Afrim und ich vor das Innen-Ministerium, spielten Becksteins Beamten die CD vor – und wollten Ihnen den Blaster schenken. Schliesslich sollte ihr Chef auch in das unglaubliche Hör-Vergnügen kommen. Aber: „Wir dürfen leider keine Geschenke annehmen!".

Zur Farce geriet meine Petition an den Landtag. Dass ich bei der CSU-Mehrheit im Petitions-Ausschuss keine Chance hatte, war klar. Ein Versuch war es aber trotzdem wert. Vor meiner Petition wurde die Petition eines anderen Petenten behandelt. Dieser stand auf und schilderte seinen Fall. Und ich dachte mir: Den kenn' ich doch. Es war ein Zechpreller, den ich angezeigt hatte. Da er das wohl öfter machte, landete er in Stadelheim, bekam dort Post von seiner Freundin, die ihm aber, warum auch immer, später als die sonst üblich-verzögerte, weil überprüfte Gefängnis-Post zugestellt wurde. Diese Zustände würden ihn an das 3. Reich erinnern. Deshalb seine Petition. Dieser Petition wurde stattgegeben.

Aber damit nicht genug: Es war ab einem bestimmten Zeitpunkt klar, daß nur noch eine Heirat eine Abschiebung verhindern könnte (sorry noch einmal an alle, denen ich etwas von „seiner Freundin" erzählt habe und erzählen musste). Ich musste Afrim eine Frau „organisieren", ja, ich weiß, ich hätte mich strafbar gemacht, deshalb musste ich äußerst vorsichtig vorgehen.

Das eigentliche Problem war aber ein klassisch marktwirtschaftliches: Angebot und Nachfrage. Es gab, klar, wenig heiratswillige Frauen, aber damals sehr viele Männer, die u.a. kriegsbedingt, ihren Aufenthalt sichern wollten. Verknappung erhöht den Preis. Long Story, short: Ich fand über eine Freundin, die, warum auch immer, mit einem Puff-Besitzer in einem Motor-Boot auf einem österreichischen See ein Picknick abhielt und diesen fragte, „ob er nicht zufällig jemanden wüsste, die bereit wäre …". Er wusste jemanden. Eine sehr nette Dame. Viel Geld sollte das kosten. Ich sicherte mich ab. Prüfte. Recherchierte. Afrim und ich sagten schliesslich zu. Unter der Bedingung: Ratenzahlung. Safety first. „Klar, kein Problem."

Alles wurde organisiert. Einen Tag vor der Hochzeit rief mich der Puff-Besitzer an. Er hätte es sich anders überlegt, möchte doch das ganze Geld auf einmal. Damit war die „Hochzeit" gestorben – und damit war klar: Wenn Afrim nicht „freiwillig ausreist", darf er nie wieder zurück. Es gab ein grosses Abschiedsfest im „Vogler", mit einem Kabarett-Auftritt von mir als „Günther Beckstein". Und Afrim verliess Deutschland „freiwillig", einen Tag, bevor Beckstein ihn abgeschoben hätte (jetzt wissen Sie auch, warum es einen Cocktail namens „Beckstein" auf meiner Getränke-Karte gibt). Was aus Afrim geworden ist?! Er lebt, natürlich, wieder in Deutschland. In Bayern. Verheiratet. Zwei Kinder. Arbeitet: Als Koch. Wie das ging?! Das ist eine andere Geschichte.

ALT

Die „Jugendwörter 2014" wurden nominiert. Das sind die Momente, sich richtig alt zu fühlen. Aus den Wort-Nominierungen habe ich folgende Sätze gebildet: „Ey krass, Alter, bist ja n voll emoxifer Senfautomat mit Deinem tebartziven Assistempel! Willst misch obamern oder willst Du twerken mit mir?! Ey, mach ma noch'n Suglie! Haengs!" Ich fühle mich alt.

ANSTARREN

Heisser Sommer-Abend, Frau sitzt an der Bar, ihr Onkel hat eine kleine Bar. Kurz vor eins klingelt ihr Telefon: Ihr Onkel, sie solle bitte zu ihm in die Bar kommen. – „Du musst jetzt noch arbeiten?!" – Ja, sie müsse noch arbeiten, viel los sei nicht, besser gesagt: Ihr Onkel hätte einen Gast. Dieser Gast, ein Rechtsanwalt, käme einmal im Monat, trinke nur Champagner, mache einen Umsatz von 700,– Euro – und verlangt, dass sie (und nur sie, keine andere) sich neben ihn setze und mittrinke. Vier Stunden würde er sie nur anstarren, ausser einem stündlichen „Schlagen wir uns?" (?!) nichts weiter sagen und auch sonst keine Konversation wünschen. Nach vier Stunden ginge er wieder. – Keine Fragen bitte.

ASCHERMITTWOCH

Mann kommt am Aschermittwoch. Er suche seinen Mantel. Hätte ihn Faschings-Dienstag im Lokal verloren. Schaut auf die Bar. Stutzt. „Die stand aber gestern noch nicht da!"

AUFGEMERKELT

Justizministerin Dr. jur. Beate Merk war, wie durch den noch streng-geheimen, internen Revisionsbericht der „Bayerischen Staatsregierung": „Wie die CSU Gustl Mollath befreite" bekannt werden wird, bereits seit mindestens 1984 (ihrem Eintritt in die CSU) unermüdlich darum bemüht, Gustl Mollath Gerechtigkeit widerfahren zu lassen.

Ministerpräsident Seehofer plane nun, Merk für Ihre „Tapfer-keit im Kampf gegen die Feinde der christ-sozialen Ehrlich-keit" mit der „Höchstmöglichen Christsozialen Ehre" auszu-zeichnen: Merk darf Ihren Nachnamen um die Buchstaben „E" und „L" verlängern. Ministerpräsident Seehofer denke angeblich darüber nach, sich den Ehren-Titel ebenfalls zu verleihen: Da aber „Seehoferel" „ein wenig dämlich klinge", so ein Sprecher, nenne er sich in Zukunft „El Seehofer".

BEAM ME UP

19 Uhr, aufgesperrt, gehe kurz noch einmal in die Küche, komme anschliessend am Eck-Tisch direkt vor der Bühne vorbei, kauert dort eine vielleicht 40-jährige Frau mit schwar-zem Mantel, schwarzen Haaren und großer Sonnenbrille.

„Entschuldigung, aber der Tisch ist reserviert." Frau lüftet langsam ihre Sonnenbrille, darunter, sich versteckend, eine weitere, normale Brille, liest das Reserviert-Schild und huscht dann wortlos an mir vorbei an den ersten der beiden 2er-Ti-sche direkt bei der Toilette.

Ich bringe ihr die Karte. Komme wieder: „Was darf ich Ihnen bringen?! – „Ein Kondom!" – „Und was möchten Sie trin-ken?!" – „Das überlege ich mir noch." Ich gehe noch einmal kurz in die Küche (also komplett ans andere Ende der Bar), komme raus, steht die Frau face to face direkt vor mir: „Wo ist mein Kondom?!" „Wenn Sie etwas zu trinken bestellen, bekommen Sie auch das Kondom." „Ich nehme ein Lei-tungswasser!"

Ich erkläre ihr dann doch, daß das „Vogler" nicht die richtige Bar für Sie sei. Sie baut sich noch einmal vor mir auf, starrt mich, soweit dies durch die Sonnen-Brille erkennbar ist, durchbohrend, vernichtend an, dreht sich um und beginnt, mich lautstark zu verwünschen:

„Verschwinde von meinem Planeten. Ich werde Dich verschwinden lassen. Du hast auf meinem Planeten nichts zu suchen …"

Sollte ich also eines Tages unauffindbar sein, hat sie mich dann doch noch weggebeamt. Nur eine Kiste Vogler-Kondome werden Zeugnis davon geben, daß ich existiert habe. Immerhin.

BE GOOD – OR BE GONE

Ich hatte das Glück, neun Tage nach New York eingeladen zu werden. Zweimal durfte ich z.B. die „Amateur's Night" im „Apollo Theater" in Harlem erleben. Black Power pur. Allein die Haus-Band war der Wahnsinn, dessen Lead-Sänger: Der Ex-Schlagzeuger von „Cameo", Joe Gray. Der Moderator: Capone, ein Comedian, ein Meister seines Fachs. DJ Jess brachte vor der Show und in der Pause das ganze Haus zum Tanzen. Das Motto des Abends: „Be good – or be gone …

Es präsentieren sich Amateure, die meisten als Sänger, die entweder bejubelt oder gnadenlos ausgebuht werden. – Die ausgebuhten werden dann von dem „Executioner", C.P. Lacey, einem phantastischen Tap-Dancer, von der Bühne „gekickt".

Die Qualität der Darbietungen war so hoch, daß auch die, die ausgebuht wurden, hier wahrscheinlich bejubelt werden würden. Gebuht wurde genauso laut, wie gejubelt. Es war unbeschreiblich. Die, die übrig bleiben, werden dann mittels eines riesigen Dezibel-Messers zum Sieg geschrien. Am Ende des Jahres kommt es zum Finale aller Sieger – dieser erhält 10.000,– Dollar Preisgeld. (Ob den ausgebuhten ein Therapeut bezahlt wird, weiß ich nicht.)

„Be good – or be gone" sollte dies nicht auch das Motto jeder Jam-Session werden?!

BERND UND GUNNAR

• Gast, entrüstet: „Ich heiße nicht Bernd!" „?!" „Sie haben doch gerade ‚Na Bernd' zu mir gesagt." Ich hatte „N'Abend" gesagt. Aber über die Jahre vernuschelt sich das wohl.

• Ein anderer fragte: „Warum sagen Sie eigentlich immer ‚Tschüss, Danke Gunnar', wenn ein Gast das Lokal verlässt?!" – Eigentlich dachte ich, ich würde „Tschüss. Danke. Gute Nacht" sagen.

• Einer Dame brachte ich die Getränkekarte an den Tisch, sie war schon länger nicht mehr Gast in der Bar. Frage sie nach einer Weile: „Fündig geworden?!" – Dame reagiert entsetzt und völlig entrüstet: „So eine Unverschämtheit!". Sie hatte „Füllig geworden" verstanden.

• „Entschuldigen Sie, wie heissen Sie eigentlich?!" – „So wie das Lokal." – „Ah – hallo Karl!"

BLAU

In meiner Bar hängt ein großes, blaues Bild der Künstlerin Cosy del Piero. Über die gesamte Breite des Bildes streckt sich der Satz: „Blau ist eine Farbe vor Gelb". Immer wieder werde ich nach der Bedeutung dieses Satzes gefragt, inzwischen dürfte es ein halbes Dutzend Interpretationen geben. Letzte Woche kam eine neue dazu: Ein Gast fing begeistert an, das Bild zu fotografieren: „Super, dass auch Sie Fan von Schalke 04 sind!" – „… ?! …" – „Blau ist eine Farbe vor Gelb kann ja nur heissen: Schalke ist vor Dortmund!"

CHEAP CHRISTMAS

„Liebe Betreiber, Weihnachten steht vor der Tür und wir suchen eine Location für unsere Weihnachtsfeier! Dazu haben wir ein Paket aus umfangreichen Medialeistungen sowie ein weihnachtliches Fotoshooting zusammengestellt, welches wir nun an einen Club vergeben können. Zudem hat die entsprechende Location die Möglichkeit, die Veranstaltung „(Name des Unternehmens)-Weihnachtsfeier 2011" zu nennen. Leistungen im Überblick: 1 Woche exklusive Riesen-Sonderwerbefläche auf unserer Homepage, 2 Banner im Wochennewsletter, 2 Leaderboards oder Skyscraper, 1 Standalone Newsletter an 50.000 Member, Micro-Partytipp auf unserer Homepage, Eventanzeige inkl. Verlosung, Fotoshooting mit 2 sexy Weihnachtsfrauen. Der genaue Termin für das Event wird vom entsprechenden Club bestimmt, genauso wie das CI der Werbemittel. Das Paket kostet 1500€. Wer zuerst verbindlich zusagt, erhält den Zuschlag!" (E-Mail eines Münchner Unternehmens an Münchner Clubs)

CHEFIKOS

Mittwoch, Bar ist voll, ich arbeite alleine, zwei Griechen, frisch von der Messe, sitzen an der Bar. Fragt mich der eine, nachdem er mich knapp eine Stunde beobachtet hatte, ob ich nicht Lust hätte, nach Griechenland zu ziehen und dort eine Bar mit Live-Musik wie das „Vogler" aufzumachen. Er würde alles finanzieren. Es wäre sein Traum. Verlockend. Ja. Aber ich lehnte trotzdem dankend ab.

Nach einer Weile zeigt er auf seinen Freund und meint: Der hätte ein Restaurant in Griechenland. Genauso groß wie das „Vogler". Fünf Mitarbeiter würden den gleichen Job an der Bar und im Service machen wie ich – (ich errötete leicht) – und sein Freund würde sich wundern, kein Geld mit seinem Restaurant zu verdienen. Schulden über Schulden.

Nach einer Weile fragt mich der Restaurant-Besitzer: Du bist aber nicht der Chef, oder?! – „Doch." – Nein, das glaube er nicht. Er wette mit mir, daß ich nicht der Chef sei. Um drei Flaschen Whiskey. Er ließ sich nicht davon abbringen. Er hat mit mir gewettet. Um drei Flaschen meines besten Whiskeys.

Die drei Flaschen Whiskey wollte er mir am nächsten Tag vorbeibringen. Wett-Schulden sind schließlich Ehren-Schulden. Hat er aber nicht. Auch mit dieser Schuld wird der Grieche jetzt leben müssen.

COCKTAIL

Bevor ich die Bar aufmachte hatte ich nie in der Gastronomie gearbeitet (und kannte keinen Musiker). Das hiess z.B.. auch: Cocktails?! Getrunken: ja. Gemacht: nie. Was tun?! Bevor ich aufmachte, saß ich mit zwei Freunden zusammen und wir berieten, was da an Cocktails wohl so drauf muss, auf so eine Getränke-Karte.

Wir entschieden uns für sieben. Unter anderem: „Whiskey Sour" und „Gin Fizz". Da ich (natürlich) nicht wusste, was da denn so rein muss, beide aber eine ungefähre Ahnung davon hatten, weil sie vor Jahren einmal eine Hotelfachschule besuchten, schrieb ich mir Notizen: „Whiskey Sour": Whiskey, Zitrone, Zucker. Darunter: „Gin Fizz". Warum auch immer machte ich Gänsefüßchen unter: Whiskey, Zitrone, Zucker – und schrieb noch: „plus Soda" dazu. Nein, Sie fragen jetzt bitte nicht nach dem: Warum?!

Sie werden es nicht glauben: Ich habe mindestens ein halbes Jahr „Gin Fizz" mit Whiskey statt Gin verkauft. Eigentlich unglaublich. Irgendwann kam aber dann doch ein Gast und meinte glatt: „Entschuldigung, aber da ist doch kein Gin drin!" Unverschämt, gell. „Nein, da gehört auch kein Gin rein." (was sich der Gast danach dachte, ist leider nicht überliefert). Inzwischen ist Gin im „Gin Fizz". Soll doch keiner sagen, ich würde nicht dazu lernen …

DIETL

Eigentlich war es Quatsch, nach der „Big Star Night" gleich wieder einen April-Scherz zu versuchen. Eigentlich. Gleichzeitig juckte es mich natürlich in den Fingern: Geht das denn noch einmal?! Es ging. Ankündigung raus. Ausreserviert. (Seltsamerweise gab es keine (offiziellen) Medienvertreter mehr, verstand ich gar nicht.

Das „Thema": Helmut Dietl, der damals gerade viel drehte, dreht im „Vogler" eine Szene seines neuen Films „Birdler", angelehnt an Charlie Parker (Bird), die New Yorker Jazzclub-Legende „Birdland" und, natürlich, an die englische „Übersetzung" meines Nachnamens. Logisch.

Die offizielle „Geschichte" war: Dietl dreht erst eine Außenszene in Nymphenburg und kommt dann mit dem kompletten Team ins „Vogler".

Der Aufwand, den ich betreiben musste, um das ganze „realistisch" erscheinen zu lassen, war wesentlich höher, wie bei der „Big Star Night" 1998. Über „ARRI" lieh ich mir u.a. riesige Film-Scheinwerfer, Kabel, Traversen und Schienen, ließ mich beraten, wie das Ganze möglichst authentisch ausschauen müßte, besorgte mir eine große Trockeneismaschine und, und das war das Wichtigste, einen professionellen, bissigen, fast schon „brutalen" echten Aufnahmeleiter als „Einpeitscher", der die Komparsen = meine Gäste für den Dreh drillte. Denn: Viele Gäste kamen natürlich nur, weil Sie glaubten zu wissen, „kann doch nur ein April-Scherz sein". Und die Herausforderung war, diese (und natürlich alle anderen auch), glauben zu machen: „Uuups, vielleicht dreht der Dietl ja doch – und wir sind dabei!"

Und dafür musste ein immer größerer Druck aufgebaut werden, denn Dietl „will die Szene nur einmal drehen und deshalb muss die sitzen". Mein „Aufnahmeleiter" setzte viele Gäste erst einmal um, „weil Sie so überhaupt nicht ins Bild passen", er und ich, Telefon am Ohr, kommunizierten ständig mit „Nymphenburg", wurden immer hektischer, die Gäste immer nervöser, bis klar war: Jetzt muss die Traum-Szene geprobt werden. „Und sie muss sitzen!" Nebelmaschine an. Alle Gäste bekamen einen verschlossenen Brief-Umschlag. Sie hätten eine Stecknadel fallen hören können. Auf ein Zeichen mussten alle gleichzeitig den Umschlag aufreissen und alle laut und gleichzeitig den darin enthaltenen Text vorlesen.

Und Sie werden es glauben, oder nicht: Es klappte. Mein „Aufnahmeleiter" hatte so einen Druck erzeugt, keiner wollte sich mit ihm anlegen, daß jeder, aber wirklich jeder mitmachte – weil irgendwann nicht mehr klar war: „Ist das jetzt echt, oder nicht, muss doch echt sein, bei dem ganzen Aufwand …"

Was auf dem Zettel stand können Sie sich denken: „Liebe Gäste, wir freuen uns, dass Sie uns zutrauen, (…) wir freuen uns aber auch, daß Sie gemeinsam mit uns den 1. April feiern wollen. Nichts für ungut, Ihr Thomas Vogler"

Ach ja, fast hätte ich es vergessen, „Veronika Ferres" war an dem Abend meine Köchin, sie kochte Dietls Lieblingsgerichte. Meinen armen, damaligen Koch ließ ich von einer professionellen Maskenbildnerin zu „Veronika Ferres" als Drag-Queen gestalten. Und er präsentierte sich am Schluss meinen begeisterten Gästen.

DREIUNDZWANZIG

Das „Vogler" wurde 23 Jahre alt. „Das", nicht „der" Vogler – nur damit keine Missverständnisse entstehen. Nicht witzig. Ich weiß.

23 Jahre ist ja an sich nicht so ein Ding. Zweitausend-drei-hundert. Ok. Macht was her. Zweihundertdreißig. Meinetwegen auch noch. Aber: 23?! Weiß nich.

Es gibt einen Film „23", fast aus dem Jahr 1997, von 1998. Untertitel: „Nichts ist so wie es scheint". Passt doch. Erster Satz der Beschreibung: „In einer Zeit zunehmender Verunsi-cherung sieht der 19-jährige Karl Koch die Welt um sich her-um in Unordnung …" – Geradezu prophetisch.

Auf Wikipedia steht: „Die Dreiundzwanzig (23) ist die natür-liche Zahl zwischen Zweiundzwanzig und Vierundzwanzig." Aha. Gut zu wissen.

Einen australischen Rapper, der sich „23" nennt, gibt es auch noch. Ein „trap metal artist". Trap Metal?! Kennen Sie nicht?! Kannte ich auch nicht. Wenn Sie es schaffen, sich 23 Sekun-den aus „This is Trap Metal" von „Scarlxrd", einem Trap-Metal-Künstler mit 2,43 Millionen YouTube-Abonnenten (zum Vergleich: Stevie Wonder hat 526.000, Herbie Hancock 28.500, Till Brönner, der wahrscheinlich momentan bekann-

teste deutsche Jazz-Musiker 3.530 Abonnenten) anzuhören –
sind Sie selber schuld.

Ich kann Ihnen nicht viel für die nächsten 23 Jahre verspre-
chen, eines aber: „Trap Metal“ wird es auch in den nächsten
23 Jahren im „Vogler“ nicht zu hören geben. Obwohl?!
Scheinbar läßt sich damit richtig Geld verdienen.

Aber Sie merken schon, so was richtig Dolles ist bei dem
Thema „23“ nicht dabei. Das „Vogler“ wurde trotzdem 23.
Allen Unkenrufen zum Trotz. Ätsch.

DURCHREISE

Tür geht auf. Frau kommt rein. Setzt sich an die Bar. Sie sei
„gerade auf der Durchreise“. – „Sind wir das irgendwie nicht
alle?!“ – Müdes Lächeln.

Ihren Mantel läßt Sie an. Ebenso Ihre voluminösen Ohren-
Schützer. Na ja, vielleicht habe ich mal wieder einen Mode-
Trend verpaßt.

Sie bestellt ein kleines Helles, probiert, läßt es zurückgehen,
es sei ihr „zu bitter“ – und bestellt daraufhin: ein Pils. Sie
werden es kaum glauben, aber ich habe mir einen Kommentar
verkniffen. Ja, das kann ich, selten, aber es geht.

Später möchte Sie bezahlen. Ich bringe ihr die Rechnung:
„7,30 bitte.“ „Das Pils kostet 7,30 Euro?!“ „Nein, das Pils
kostet 3,30 plus 4,– Euro Eintritt.“ „An der Tür steht aber, es
kostet heute keinen Eintritt!“ „… ?! …“

Zur Erklärung: An der Tür hing, wie jeden Montag, der Eintritts-Zettel: „Heute 4,– Euro Eintritt. Sie brauchen den Eintritt nicht im Eingangsbereich zu bezahlen. Wir setzen ihn mit auf Ihre Rechnung."

Die Frau geht noch einmal zur Tür, liest den Zettel, kommt kopfschüttelnd zurück: „An der Tür steht ganz eindeutig: Heute kostet es keinen Eintritt!".

Ich stelle mich gemeinsam mit ihr vor das Schild, lese es ihr ganz langsam vor (wobei man sich spätestens dann fragt: tickt sie nicht richtig oder doch vielleicht ich?!). Ihre Reaktion: „Sehen Sie, da steht doch wohl klar und deutlich: Heute kein Eintritt! Können Sie denn kein Deutsch, das gibt es doch wohl nicht, oder?!"

Spätestens jetzt werden Sie sich sagen, „Vogler, laß Sie doch gehen, zahlt sie halt keinen Eintritt." – Nö. – Ich habe Sie den Eintritt zahlen lassen. Hat noch ein bißchen gedauert, gebe ich zu, aber ich bin ja zäh.

Sonst setzen Sie sich in Zukunft vielleicht auch mit Mantel und riesigen Ohren-Schützern auf Durchreise an meine Bar und behaupten felsenfest und mit größtmöglichem Ernst, an der Tür stehe: „Heute kein Eintritt!"

EICHSTRICH

In der Wochenendausgabe 30. Sep./1. Okt. 1989 der „Süddeutsche Zeitung" durfte ich als damaliger Hospitant einen ersten, ganzseitigen Artikel über das Oktoberfest schreiben:

„Kritik, die der Wirt schlucken muss: Der Eichstrich scheidet die Geister. Wenn es die Schankkellner mit dem Einschenken nicht so genau nehmen, ist für die Bierkontrolleure das Maß voll". Weltverändernd, epochal, grimmepreisverdächtig – mindestens …

Oder kennen Sie die, sicher immer noch gültigen, „Zehn Gebote für den Schankkellner" von Festwirt Günter Steinberg aus dem Jahr 1984?! „Du sollst den Gast lieben wie Dich selbst und versehentlich schlecht eingeschenkte Krüge ohne Murren nachschenken"?! Kein Witz. Hätten Sie mal meinen Artikel gelesen.

Oder wußten Sie, daß es einen, 1899 (!) gegründeten, „Verein gegen das betrügerische Einschenken" gibt?! 1989 stand dem Verein der „Volksschauspieler" Rudi Scheibengraber vor, dessen Namen ich, ein ganz schlechter Einstieg für ein Interview, vorher noch nie gehört hatte. Am Interview-Tisch im Schottenhammel saß noch dazu ein Mann, der mich mit dem Satz begrüßte: „Sie sind von der Süddeutschen?! Ich habe den Hahn gemalt!".

Um ehrlich zu sein, wußte ich mit dem Satz nichts anzufangen. Wunderte mich nur, warum mir gestandene Mannsbilder, nur weil ich von der SZ bin, stolz erzählen, sie könnten einen Hahn zeichnen. Vielleicht spürte er aber auch nur, daß meine Mal-Künste auf Strich-Männchen-Niveau der Grundschule stecken geblieben sind.

Nein, alles falsch: Mein Fehler. Ich war einfach grottenschlecht vorbereitet. Es war „der bayerische Dali" (Eigen-

Werbung) Rupert Maria Stöckl, der 1976 den „1. Preis für das beste Wirtschaftsplakat" erhalten hatte. Es handelte sich um: „Täglich hellwach mit der Süddeutschen". Das dazugehörige Logo: Ein bunter Hahn. Hätte ich eigentlich kennen müssen. So lernt man. Was ein Glück für die SZ, Volksschauspieler und Grafiker, daß ich 1997 die Seiten wechselte.

EIN HAUCH SCHÄDELDECKE

Promo-CD von großer Plattenfirma bekommen. Anfrage für Auftritt: „Die Sängerin schafft eine nahezu unbeschreibliche Art von Poesie. Etwas ähnliches findet man in Picassos Werken oder im Spiel von Miles Davis. Ich würde sagen, dass 90 % von dem, was sie tut, nur Andeutung ist."

Eine Agentur preist seinen Künstler in einer E-Mail: „Er ist ein Tier! Wie wir ihn das erste Mal gehört haben, hat es uns die Schädeldecke abgehoben!"

Brief von Musik-Agentur bzgl. Berliner Sängerin: „(…) hiermit möchte ich Sie zu einem sonderbaren Angebot einladen – die erfolgreiche Sängerin T.R. hat sich ein bisschen Klavier beigebracht und begleitet sich selbst."

Band-Bewerbung: „Wir sind eine Jazz-Rock Band mit dem Namen „August the Butcher" aus Österreich. Musikalisch kurz zusammengefasst sind wir dreckig, stickig, blutig. „August the Butcher" lädt ein zur voyeuristischen Reise zwischen Mord, Whiskey und Sex. Mit experimentierfreudigem Jazzrock wird die Geschichte eines Metzgers, der keinen Skrupel davor hat, die Menschheit zu Leberkäse zu verarbeiten und dessen Welt aufgesponnen."

„Unser Musikstil lässt sich kurz und knapp als eine Mischung aus Jazz, Folk, Musikkabarett und einem schlecht eingestellten Vergaser beschreiben" (Band-Bewerbung)

Anfrage: „Wir würden gerne unsere Weihnachtsfeier bei Ihnen machen und unsere eigene Band mitbringen!" – „... ?! ..." – „Eine AC/DC - Cover-Band!"

„Bei diesem Bremer Trio steht (...) nicht etwa die Musik, sondern in erster Linie die Neurosen ihrer Mitglieder im Mittelpunkt. Dass bei der wöchentlichen Gruppentherapie nebenbei auch noch Songs für jede musikalisch denkbare Schublade entstehen, ist manchmal einfach nicht zu vermeiden. Frei nach dem Motto: „Kreativ ohne es zu merken, aber niemals mit Absicht!", bestimmen empfindsamer Heavy Metal, lärmende Balladen und gediegener Aggro-Swing den Sound dieser fest in der musikalischen Zukunft verankerten Band. Kein klanglicher Pfad ist ausgetreten genug, um nicht von ihnen beschritten zu werden. Innovation bedeutet für sie Stillstand. Denn, wie die Band stets anmerkt: „Wir sind nicht ambitioniert, wir sind arrogant!" (Band-Bewerbung)

„Frei improvisiert, verbreitet (die Band) eine Unbekümmertheit, die als naive Version realen Lärmterrors durchgehen könnte. Könnte. Denn nichts ist schwieriger als verbindliche Termini für sperrige Musik zu finden. Von daher: (Die Band) ist hartes Metall ist unberechenbarer Stahl ist betonhartes

Eisen." (Laudatio eines Jazz-Journalisten in einer Band-Bewerbung)

„… sie ist auch die perfekte Sängerin für Ihre Hochzeit oder Beerdigung …" (aus einer Band-Bewerbung)

EINTRITT

• „Kostet es am Freitag, wenn die Band spielt, eigentlich Eintritt?!" – „Ja, 6,– Euro" – „Hm. Sind denn dann im Eintritts-Preis die Getränke schon enthalten?!"

• „Sie haben doch jeden Abend Live-Musik?! Dann kann ich doch meinen Eintritt für heute auch an einem anderen Tag bezahlen!"

• „Ich zahle keinen Eintritt. Ich bin ja heute nicht weggegangen um Musik zu hören, sondern nur, um etwas zu trinken!"

• „Entschuldigung – der Eintritt – wird der pro Tisch oder pro Person berechnet?!"

• „Ich zahle keinen Eintritt – ich habe ja nicht zugehört"

• Aushang am Eingang: „Heute 50 Cent". Gehen zwei Jugendliche vorbei: „Boah, wie geil ist das denn. Da spielt heute 50 Cent!"

ERDNUSSSEKT

Tür geht auf, Mann kommt rein. Er müsse mir unbedingt eine Geschichte erzählen (während er das macht, zieht er mit sei-

nen Händen immer wieder Erdnüsse aus seinen Hosenta-
schen und isst sie – gefühlte 2 Kilo). Er sei hier im Haus geboren worden, im 1. Stock links, im Jahr 1941. Damals hätte
es auch ein Lokal im Haus gegeben: Das „Belvedere". Links
hinter der jetzigen Bar war eine Kegelbahn – und im Hof ein
Stall mit Hasen. Die Häuser vor dem Lokal: alle weggebombt
– „freie Aussicht".

Er kannte noch alle Namen der damaligen Mieter, welchen
Beruf sie hatten (z.B. eine Artisten-Familie und eine Dame,
„die immer im Seidenkleid auf der Auer Dult tanzte") und
welche Haustiere es gab (im 1. Stock rechts z.B. eine Gans).
Ausserdem hätte er nichts gegen Ausländer, weil er selber
lange im Ausland gelebt habe. Fünf Jahre. In der Schweiz.

Und der Wirt damals?! „Der war ein Hundling. Der hat die
Teebeutel zweimal verwendet und den ,Sekt' erfunden: Er
nahm ein Sektglas, schüttete ein bisschen Wein rein, füllte das
Glas mit Mineralwasser auf, fertig war sein teurer ,Sekt'. Von
dem hätten Sie echt was lernen können."

ERDOG-AN

Gedicht für Böhmer-mann:
Verklag' auch mich, oh Erdog-an

„Der Erdog-an, der Erdog-an,
der wär' so gern ein richtger -mann,
da er es nicht ist –
geht er zum Jurist:

46

„Ich seh' es schon, oh je, oh je,
nur ‚-an' sind Sie, nicht ‚-mann'
ich hab' da flugs schon ne Idee,
verklagen wir den Böhmer-mann!"

„Gut, gut, ich krall mir seinen Namen,
‚Sultan Erdog-mann' steht dann auf meinem Samen,
die Welt lernt mich jetzt erst richtig kennen,
alle, alle werd' ich überschwemmen …"

Dem Juristen war das nicht geheuer
doch für eine Umkehr war's zu spät.
Böhmer, tapfrer Ritter, entmannt, doch voller Feuer
aus jedem Samen ein kleines Steak sich brät."

ESSEN

• „Schade dass es nur Spaghetti gibt. Das passt überhaupt nicht zu einer Jazzbar. In einer Jazzbar sollte es entweder Penne oder Fusilli geben!"

• „Wir möchten Sie mit unseren Gutschein-Ideen für die Teilnahme an unserem deutschlandweiten Gastronomie-Wettbewerb gewinnen. Unsere Gutschein-Ideen sind einfach und zielen darauf ab, dass viele Menschen sie attraktiv finden und einlösen wollen. Unsere Idee z.B.: Das ‚München-Menü für 5,– Euro'. Bieten Sie Ihren Gästen ein Menü mit mehreren Gängen zum Festpreis von 5,– Euro an." (E-Mail)

FAKE

Sie sind ein Fan von echter, unverfälschter Kunst – sonst würden Sie sich nicht für Live-Musik interessieren. Oder Sie sind Masochist. Aber davon will ich jetzt mal nicht ausgehen.

In der bildenden Kunst wird, wahrscheinlich seit es Kunst gibt, gefälscht. Letztes Beispiel: Wolfgang Beltracchi. Der durfte, u.a. in Wien und bald auch in einem festen Haus in Unterammergau, „ein ungeheuer gewitztes Zeugnis einer idealen, ungemalten Kunstgeschichte" (Prof. Horst Bredekamp) zeigen. Ich kann mich nicht erinnern, jemals eine so geschmacklose, überflüssige und ärgerliche Ausstellung gesehen zu haben. Geschmackssache. Aber, Wien wäre nicht Wien, wenn es nicht die Möglichkeit der Katharsis bieten würde: Das „Fälschermuseum". Einzigartig in Europa. Klein. Privat geführt und so voller wunderbarer Geschichten, daß ich es Ihnen für Ihren nächsten Wien-Besuch ans Herz legen möchte.

Oder kennen Sie zum Beispiel den „Meisterfälscher von Lübeck", Lothar Malskat, der 1937 mit der Restaurierung der frühgotischen Malereien im Dom von Schleswig beauftragt wurde – und Truthähne „freilegte". Dumm nur, daß Truthähne in der Frühgotik noch keiner kannte, Amerika erst 200 Jahre später entdeckt wurde. Macht nichts. Die Nazis haben dies „als Beweis für die frühen Entdeckungsreisen der Wikinger" uminterpretiert. Die Arier waren halt schon immer ihrer Zeit voraus …

Ein „Beltracchi" hängt im „Fälschermuseum" übrigens nicht. Warum?! Fragen Sie nach. Dafür Seiten aus „Hitlers total echtem Tagebuch" von Konrad Kujau ("In Hitlers Schrift spiegeln sich Aufstieg und Untergang" ("Stern"), eine gefälschte Fälschung einer gefälschten Kujau-Nichte, Sie lernen, wie auch Sie zum Meister-Fälscher werden könnten (Hühnerei, Rost, Tiefkühltruhe …) – und wie gerne sich der Mensch doch täuschen lässt. Mehr soll nicht verraten werden.

FAN

Haben wir nicht alle ein unglaubliches Geltungsbedürfnis?! Ja. Bekommen wir die Aufmerksamkeit, den Jubel, die Seelen-Massage, die wir eigentlich verdient hätten?! Nein. Deshalb: Wir brauchen Hilfe.

Beispiele: Sie sitzen im Büro, machen, wie immer, einen super Job, aber den Chef interessiert das mal wieder nicht die Bohne. Bräuchten Sie nicht jemanden, der Sie in regelmäßigen Abständen anjubelt?!

Sie sind Künstler, aber kein Mensch interessiert sich für Ihre Werke. Bräuchten Sie nicht jemanden, der auch die schrägste Komposition, das schrillste Bild und den quietschigsten Ton begeistert beklatscht?!

Sie haben sich mal wieder besonders schick gemacht, aber keinem fällt das auf?! Wäre es nicht schön, an einem Samstag in der Fußgängerzone zu stehen und plötzlich ruft eine Menschenmenge ekstatisch Ihren Namen, freut sich über ein Selfi mit Ihnen, möchte ein Autogramm?! Einmal nur: Ein Star sein?!

Aber egal, was Sie für einen Beruf haben – ein Selbstbewußt-seins-Streichler tut doch immer gut: Ob vor Ihrer Haustür, im Büro, im Fitness-Studio, auf der Bühne, im OP – oder wo auch immer.

Und, wo bekomme ich jetzt so nen Typen her (oder vielleicht sogar tausende davon, wenn schon, denn schon)?!

Es gibt, Sie ahnen es, professionelle Hilfe: Die bayerische Firma „Rent a Fan" hat angeblich 16.000 zu buchende „Fans" in ihrer Kartei. Kosten?! Darüber gibt es keine Angaben.

Seien Sie ehrlich: Auch nur die theoretischen Aussicht auf so einen Seelen-Pinsler lassen den Tag doch gleich in rosa Wol-ken schweben …

FASCHINGSDIENSTAG

Alle Stühle, alle Tische, alle Barhocker raus, auf der Bühne eine zweite Bar und: Der DJ. Und dann wurde getanzt. Bis zum Umfallen kann man nicht sagen. Dafür war es zu voll. Kurz vor Mitternacht: alle Gäste mit Besen gnadenlos rausge-kehrt. Kehraus.

Im ersten Jahr blieb noch ein Gast an der Bar. Reichlich be-trunken. „Herr Vogler, ich bin hier, um Sie zu kontrollieren, ich bin vom Kreisverwaltungsreferat, Herr Vogler, Sie sind ein Vorbild, ein Vorbild!" Auch ihn ereilte der Besen. KVR hin oder her.

Am Anfang: Mit „Themen". 1998: „Die Feuersteins". Eine Mitarbeiterin schneiderte für alle die Kostüme. Dreimal dürfen Sie raten, wer ich war: Der Drache. Arbeiten Sie mal mit so einem Kostüm hinter einer schmalen Bar. Der Mitarbeiter, der als Bam Bam ging, hat heute noch ein Trauma. Warum?! Gehen Sie mal, nur mit einem Stoff-Streifen bekleidet, fast nackt über den Viktualienmarkt, um Werbung für „Fasching im Vogler" zu machen.

Oder: „Kloster", 1999. Klingt nicht so wahnsinnig originell. Aber: Eine Friseuse schnitt allen männlichen Mitarbeitern und mir eine Tonsur. Das einzige Problem: Am nächsten Tag können Sie nicht mehr mit einer Tonsur rumlaufen (außer vielleicht, Sie behalten die Kutte an – aber wer will das schon). Es bleibt nur: Die Glatze.

FESSLE MICH

Zwei Männer kamen eines Nachts an die Bar, stellten sich vor. Ein Bar-Keeper. Und ein Dichter. „Wir würden gerne das „Vogler" übernehmen". Geld hätten sie. Eigentlich wären sie ja zu dritt, der dritte im Bunde sei ein junger Erbe, der „noch nie mit einer Frau geschlafen hat". Der Bar-Keeper hatte ihm versprochen: „Wenn Du eine Bar hast, schläfst Du jede Nacht mit einer anderen." Logisch. Ihr „Konzept": Sie wollten aus dem „Vogler" ein Gefängnis machen, Name: „No way out". Essen sollte es nicht geben, Getränke werden alle in Blech-

Näpfen serviert. Und der besondere „Clou": Männer, die richtig viel Geld ausgeben, werden mit Handschellen an die Bar gekettet – damit Frauen sehen: Hey, da ist ein Mann, der heute „Gas gibt". Bitte keine Fragen stellen.

Wir konnten wir uns nicht einigen. Die drei zogen weiter und landeten letztendlich im ehemaligen „Tiger's" im Hofgraben. Ich besuchte sie, um zu sehen, was aus dem „Gefängnis-Konzept" geworden ist. Aber: Keine Hand-Schellen?! Keine Blech-Näpfe?! „Nur auf den Toiletten haben wir das Konzept schon eins zu eins umgesetzt". Es dauerte ein bisschen, bis die „Umsetzung" erkennbar war: In die Toiletten-Türen hatten sie Löcher gesägt – und Klappen eingesetzt. Diese konnten, allerdings nur von aussen, geöffnet und verschlossen werden (was sicher den Nerven-Kitzel beim Stuhlgang erhöht – „guggt wer, oder guggt wer nicht?!" Toll.)

Der bestellte Cappuccino wurde dann mit Nescafé, heissem Wasser aus dem Hahn und Sprühsahne zubereitet. Ein Geschmackserlebnis. Die Kaffeemaschine sei noch nicht geliefert worden.

Nach drei Monaten musste das „Gefängnis" wieder schliessen.

FLÖRT

Maskenpflicht ist für mich absolut (fast) gar kein Problem. Der Mensch ist schließlich ein Gewöhnungs-Tier. Und: Watt

mutt, datt mutt. Nur mit einem (und jetzt kommt das „fast")
komme ich immer noch nicht ganz klar:

Ich kann nicht mehr richtig flirten.

Das mag für Sie völlig unerheblich sein. Aber ich: Ich flirte
nun mal gerne. Mit Burka im Gesicht ist das schier unmög-
lich. Lösungen?! Vielleicht sollten wir es mit dem Mundschutz
so machen, wie beim Dirndl:

„Schleife rechts: Die Trägerin ist vergeben. Schleife links: Die
Trägerin ist Single. Schleife in der Mitte: Beziehungsstatus
geht dich nichts an, Schleife hinten: Witwe, Kellnerin oder
Kind."

Übertragen auf einen Mann und eine Maske wird's dann
schon wieder kompliziert. Hätte man bei der „Konstruktion"
der Dinger ja auch gleich daran denken können: Ich bräuchte
also eine Schleife vorne links und hinten (gehe jetzt mal einfach davon aus, gilt nicht „nur" für Kellner, sondern auch für
Jazzbarbesitzer). Probieren Sie mal „Schleifen" mit einer
Standardmaske. Können Sie vergessen.

Lösung 2: Sie kommunizieren mit Ihrem Gesicht: Ohren-Zucken links = Single, Ohren-Zucken rechts = vergeben, Stirn-
Runzeln = geht dich nichts an usw. Jetzt haben aber viele
Frauen ein links-rechts-Problem. Verkompliziert das ganze
schon wieder. Unnötige Missverständnisse. Und ständig zu-
ckend runzeln kann ja auch nicht die Lösung sein.

Bleiben noch die Augen: Die könnte man jetzt wie einen
Blinker einsetzen. Rechts blinken. Links blinken. Sieht aber

auf die Dauer auch irgendwie bescheuert aus. (Ich kann noch nicht mal mit dem linken Auge zwinkern.)

Farbe der Maske?! Als „Ampel"?! – „Rot" für: Bleib mir vom Leib. „Grün" für: freie Fahrt. „Orange" für: weiß noch nicht, ob Du bremsen oder Gas geben sollst?! Mit „Ampeln" hätten jetzt wieder viele Männer ein Problem. Speziell, wenn sie Fahrrad-Fahrer sind.

Ein „Lächeln" auf der Maske, das mit Fäden nach oben oder unten, nach rechts, links oder mittig gezogen werden kann?! Puh. Geht allein schon mit den Getränken in der Hand schwierig. Und wenn mir ständig etwas runterfällt, brauche ich auch nicht mehr zu flirten.

Sie merken schon, was gscheits ist mir zur Lösung meines Masken-Flirt-Problems nicht eingefallen. Jetzt sind Sie dran.

FLUPPE

Gast kommt an die Bar: Er bräuchte dringend eine Zigarette. „Sorry, ich bin Nicht-Raucher. Aber draußen stehen Raucher – vielleicht gibt Ihnen einer eine." Gast geht raus. Anderer Gast dreht ihm eine Zigarette. Der Gast hat, obwohl er das nicht musste, für die selbst gedrehte Zigarette bezahlt. 50 Euro. Soll noch einer sagen, Rauchen würde sich nicht lohnen.

FRAUEN

Gibt es in einer Bar. Geschichten gäbe es auch.

FREUNDE

Sie haben zu wenig Freunde und auch sonst fehlt Ihnen etwas Beachtung?! Kein Problem nicht – kaufen Sie sich welche. 10.000 „echte Facebook-Freunde" kosten bei „fan-slave.com" (wenn man schon so heisst) nur 999,– Euro. Oder haben Sie mühsamst einen Film mit Ihren, sagen wir mal: Sanges-Künsten ins Netz gestellt, aber kein Mensch, schnüff, interessiert sich dafür – gar kein Problem nicht: 25.000 „YouTube-Views" kosten beim „promokoenig.de" nur 39,90 Euro – so werden auch Sie ein Star! Oder Sie kamen sich schon immer ein wenig provinziell vor, weil ihr entferntest lebender Freund in Milbertshofen – Am Hart wohnt?! Auch kein Problem nicht – bei „fanbuy.de" können Sie sich 1.000 „weltweite Fans" schon für 70,– Euro kaufen. Diese Informationen zur Rettung Ihres Selbstbewusstseins wie immer – völlig kostenlos frei Haus – überhaupts kein Problem nicht.

FUNDBÜRO

Jedes Jahr bleiben Unmengen an Schals, Jacken und seltsamen Krimskrams liegen. Das meiste wird wieder abgeholt, aber leider nicht alles. Unter anderem: Eine Tasche mit Badehose, eine Taucherbrille, ein Buch von Claude Simon, ein Handy, zwei Ringe, ein Gürtel, ein Buch „Arabisch für Anfänger", vierzehn Schals, eine große Schminktasche mit Inhalt, ein volles Ampullen-Täschchen mit knapp 30 verschiedenen Globulis, eine Tasche mit Plastik-Geschirr und eine Tüte mit Schmutzwäsche.

FUSSBALL

Bis wir Gastronomen, Künstler … wieder ganz normal öffnen, arbeiten, „unser Spiel" machen können, wird es noch dauern. Könnte an der fehlenden Lobby liegen. Anders scheint das beim Fußball zu sein. Fußball-Bundesliga-Spiele sollen ja in Kürze wieder stattfinden. Ok, ok, ohne Zuschauer, aber was ist denn eigentlich mit den Mannschaften und deren Trainer-Stäben, medizinischen Abteilungen etc. etc.?!

Ich bin mir sicher, dass alle Spieler, Trainer, Mediziner, … aller Vereine vor dem ersten Spiel vierzehn Tage gemeinsam in einem Massen-Quartier in Quarantäne gehen und dort bis zum Ende der Spielzeit dann auch bleiben werden. Ist doch so, oder?!

Ansonsten müsste es ja neue Spiel-Regeln geben:

Alle, auch der Schiedsrichter, tragen Mundschutz, allen, auch dem ballführenden Spieler darf man sich nur bis 1,5 Meter Abstand nähern (man könnte auch sagen: Anstoß = Tor, alle Spiele enden unentschieden, wahrscheinlich: 45 : 45).

Sollte es trotzdem einmal Einwurf oder einen Kopfball geben (es gibt ja immer mal einen Dödel, der, obwohl er Millionen verdient, nicht so richtig mit dem Ball umgehen kann), wird der Ball gründlich desinfiziert.

Bei einem Freistoß (weil z.B. der Mindest-Abstand nicht eingehalten wurde, zwei Spieler der selben Mannschaft nebeneinander liefen, aber nicht in einer eheähnlichen Verbindung leben …) darf eine Mauer gebildet werden – aber nur mit 1,5 Meter Abstand zwischen den Spielern.

Im Strafraum gibt es Markierungs-Striche, auf denen die Spieler bei Ecken, Freistößen … stehen bleiben müssen, auch wenn der Ball getreten wurde. Vorbild für das „moderne" Fußball-Spiel ist „Tipp-Kick". An der Adaption wird noch gefeilt.

Schiedsrichter dürfen wegen der Speichel-Spritz-Gefahr ihre Pfeifen nicht mehr nutzen, klar, durch die Maske pfeifen macht zusätzlich wenig Sinn, sondern drücken sich nach dem Waldorf-Modell des: „Ich tanze meinen Namen" aus …

Schließlich gelten ja für alle die selben Regeln. Oder habe ich da wieder mal etwas grob mißverstanden.

GEMA

„Hallo Herr Vogler, hätte nie gedacht, dass Sie die GEMA wirtschaftlich überlebt haben. Freut mich für Sie. Ich bin ein ehemaliger GEMA-Mitarbeiter (Sachgebietsleiter) und Gott sei Dank seit einigen Jahren nicht mehr dabei. Ich kann mich noch gut an die „Vogler-Jahre" in München erinnern …" (per E-Mail)

GEPLÖTZLICHGEKEITET

„Leider muss ich meine Reservierung absagen. Es tut mir wirklich Leid, aber eine Plötzlichkeit ist mir aufgekommen." (per E-Mail)

GIB MIR DEN HANS!

Samstag-Abend, Telephon klingelt, Mann mit Akzent: „Gib mir den Hans!" – „Keiner meiner Mitarbeiter heisst ,Hans' – möchten Sie einen Gast sprechen?!" – „Gib mir den Hans, Du Arschloch, der schuldet mir Geld, Du Arschloch und wenn er noch einmal meine Frau anmacht, dann bringe ich Euch um, ich weiss, wo ihr wohnt, Du Arschloch …" Das nennt man: Telefonstreich. Wie witzig.

GIVE ME MONEY, HONEY

Tür geht auf, Frau stellt sich auf englisch vor, sie sei eine amerikanische Journalistin und schreibe über die besten Bars in München einen City-Guide. Allein im Internet gingen die Klicks für Ihre Seite in die Millionen. Der Reiseführer, dessen Namen ich noch nie gehört hatte (aber: Amerika ist ja auch groß, nicht), zu den meistgelesenen. Ob sie mir ein paar Fragen stellen könnte. Sie stellte mir viele Fragen. Nach einer halben Stunde lächelt sie mich an und sagt: „Wissen Sie, ich arbeite freiberuflich. Ich finanziere mich über Spenden. Ob einhundert Euro denn für mich in Ordnung wären. Ich wüsste ja, wie sehr sich das für mich lohnen würde …"

Wow – was für eine Geschäfts-Idee. Ich bin mir sicher, weder die Homepage noch den City-Guide gibt es wirklich. Alles was die attraktive und charmante Dame vorweisen konnte (ausser, dass sie attraktiv und charmant war), waren ein paar ausgedruckte Seiten irgendeines Online-Portals, dessen Name unlesbar war. Ich möchte nicht wissen, wie viele auf den Spenden-Zug aufspringen – netto, cash, schwarz auf die Kralle sicher ein einträgliches Geschäfts-Modell.

GLASERL

„Wir hätten gerne vier Gläser von Ihrem offenen Weisswein." – „Gerne, aber von dem können Sie auch eine Flasche haben. Das kommt Sie günstiger." – „Nein, das möchten wir nicht. Der Wein schmeckt glasweise viel besser als aus der Flasche."

GLEITCREME

Tür geht auf, Chef vom benachbarten Gay-Sex-Shop „Buddy", fragt, ob er einen Kasten Pils haben könnte. Sei ihm ausgegangen. Klar. „Danke! Bringe ich Dir morgen wieder. Kriegst auch eine extra große Tube Gleitcreme gratis dazu!"

Meinem Gesichtsausdruck entnahm er wohl, daß ich mit einer extra großen Tube Gleitcreme nicht allzu viel anzufangen wüßte. Fad, wie ich bin. Er brachte mir dann am nächsten Tag den Kasten Pils. Mit einem Gläschen Massagecreme. Himbeergeschmack. Roch wie ein Bauer-Joghurt. Ich gestehe, ich bin halt einfach langweilig.

Leider musste das „Buddy" nach ein paar Jahren ausziehen. Das Haus wurde verkauft und der neue Mieter wollte keinen „Sexshop" in seinem Haus. Das „Buddy" war alleine schon deshalb großartig, weil ich durch seine anfangs immer wieder wechselnden Auslagen meinen (langweiligen) Hetero-Horizont erweitern konnte. Meine Lieblinge waren ein „Elektro-Sex-Koffer", „Harnleiter-Vibratoren" in den unterschiedlichsten Größen und, „das ideale Weihnachtsgeschenk", ein „Super-Dildo-Blaster". Eine Schlagbohrmaschine, vor den ein Dildo vorgeschaltet war. Was es alles gibt.

Dazu passt: „War in diesen Räumen nicht auch mal ein Schwulen-Lokal? Haben Sie die Räume eigentlich energetisch reinigen lassen?" – Nein. Nicht nötig.

GOOGLE

Google-Bewertungen kann man doch nicht kaufen, oder?! Hunderte?! Einfach so?! Und man kann doch niemanden dafür bezahlen, schlechte Bewertungen wieder löschen zu lassen – oder?! Hand aufs Herz. Google würde so etwas doch nicht durchgehen lassen. Ne, ne, ne. Viel zu seriös. Und korrekte Bewertungen sind Google doch viel zu wichtig, denn: „Rezensionen sind nur sinnvoll, wenn sie ehrlich und objektiv sind." („Google-Richtlinie")

Tja. Die Realität sieht, wie so oft, ein wenig anders aus. Nein, bei „Amazon" gibt es keine Google-Bewertungen zu kaufen. Die Firmen heißen „Deutsche Bewertungen", „Bewertungen kaufen", „Google Bewertungen" … – alle mit derselben österreichischen Telefon-Nummer, das Impressum und die Datenschutz-Erklärungen: ein Witz. Alle sind bei „Pacific Registered Agents, Inc." in den USA registriert. „Verantwortlich für den Inhalt nach § 55 Abs. 2 RStV: Die Gesellschafter". „Die Gesellschafter"?! Sehr witzig. „RStV"?! Klingt gut. Ist aber der „Rundfunkstaatsvertrag" und gilt für: „Telemedien". Sie merken schon, da ist was faul.

Bei „Deutsche Bewertungen" können Sie zum Beispiel einhundert 5-Sterne-Google-Bewertungen kaufen. Der Preis?! 869,– Euro. Ein Schnäppchen. Sie möchten eine negative Google-Bewertung löschen lassen?! 98,90 Euro. Noch schnäppiger. Ist das legal?! „Es ist auf jeden Fall nicht verboten, deshalb können wir mit gutem Gewissen sagen JA es ist legal." ("Deutsche Bewertungen"). Wie so oft könnte es daran liegen: Wo kein Kläger, da kein Richter. Schaut man sich allerdings auf der Homepage allein den „Ablauf" der Bestellung an, könnte man schon stutzig werden.

Vielleicht kaufen Sie diese Woche einfach für 869,– Euro gute, handgemachte Musik, hundertprozentig legal – und nicht gefakt. Die Erinnerung daran lösche ich Ihnen dann auch gerne für 98,90 Euro. Überweisen Sie mir doch einfach schon mal vorab 967,90 Euro. Eine Bewertung?! Kriegen Sie danach umsonst. Verantwortlich?! „Die Gesellschafter".

GRUSS

Da „Händeschütteln" möglicherweise der Vergangenheit angehört, schlage ich einen „Jazz-Gruß" vor. Geht ganz einfach:

Sie formen mit Ihrem Körper erst ein „J", springen dann gespreizt mit beiden Beinen auf dem Boden auf und schliessen das ganze dann mit beiden Armen in einer Art „Doppel-Zett-Bewegung" ab. Alles fließend natürlich. Das ganze dauert nicht länger, wie manch super-coole jugendliche Begrüßungs-Rituale, hat aber im Unterschied dazu den Vorteil, den „Mindest-Abstand" einzuhalten – und ist viel, viel lässiger.

HITZE

Die Hitze heizt. Die Hose klebt.
Ich sitze gleich wie einem nassen Sacke
In meiner Bar. – An meine Backe
Fliegt etwas kitzelndes, was lebt.

Die Noten und der Töne Staub
hören nicht einmal mehr Milben.
Stille hat nur zwei Silben
alle Ohren hat die Sonne mir beraubt.

Kein einzger Gast gibt von Zeit zu Zeit
mir ein kleines Zeichen
zähes Warten ohnegleichen
macht wie ein trockner Teig in mir sich breit.

Es kann nur Regen, kann nur Schnee
dieser Hitze grienen.
Es ist wie in einem Bahnhof ohne Schienen
wie in einem Märchen ohne Fee.

Die Hitze heizt. Die Hose klebt.
Ich sitze gleich wie einem nassen Sacke
In meiner Bar. – An meine Backe
Fliegt etwas kitzelndes, was lebt …

(frei nach Joachim Ringelnatz)

ICH VOGLERE, DU VOGLERST, WIR …

„Ich möchte gern mein Geburtstag feiern beim ihre Vögler Jassbar." (Reservierungs-Anfrage per E-Mail)

ID

Amerikaner, Du hast es besser: Nur einmal hatte ich in einem Supermarkt in New York Alkohol eingekauft, 2018, „Corona light", für meinen Gastgeber, sein (fast) tägliches Feier-Abend-Bier. Stehe an der Kasse mit meinem Six-Pack (Bier, nicht Bauch), raunzt mich die Kassiererin an: „Your ID please!". Ich dachte erst, das wäre ein Witz. War aber keiner.

Ich weiß, ich weiß, ich sehe unglaublich jung aus, aber für 21 wurde ich das letzte Mal mit 21 geschätzt …

Aber: Sollten wir das nicht auch einführen?! „Your ID please!" – bei der Bestellung eines leichten Weißbiers zum Beispiel?! Es pinselt ungemein – und ich bin mir sicher, es würde den meisten Männern meines Alters nicht anders gehen.

P.S.: Da Frauen nie älter als 21 aussehen, erübrigt sich bei ihnen die Frage.

JAZZ

Gast an der Bar. Schweigt in sein Bier. Plötzlich: „Herr Vogler, mögen Sie eigentlich Jazz?!"

JAZZ GEGEN RECHTS

Habil Kilic und Theodoros Boulgarides – so hiessen die beiden, vom rechtsextremen „Nationalsozialistischen Untergrund" 2001 und 2005 in München willkürlich ermordeten Männer. Einziger Grund für ihren sinnlosen Tod: Sie waren keine Deutsche. Das Versagen der staatlichen Organe bei der Aufklärung der Morde, die mutmassliche Blindheit auf dem rechten Auge und die damals auch von den Medien geschürten Ressentiments gegen Ausländer sind im Nachkriegs-Deutschland beispiellos.

Was die Familien an Leid erlebt haben müssen, ist nicht vorstellbar. Habil Kilic und Theodoros Boulgarides wurden brutalst aus der Mitte ihrer Familien gerissen. Die Familien lebten 10 bzw. 6 Jahre mit dem immer wieder geschürten Verdacht, die Ermordeten hätten ein Doppel-Leben geführt. Und das jetzige Wissen, daß beide von Rechtsextremen ermordet wurden, die ungehindert und unerkannt über 10 Jahre eine in Europa einmalige Blutspur ziehen konnten, macht alles nicht einfacher.

Der komplette Eintritt und die Spenden des Abends „Jazz gegen Rechts" gingen an die Familien von Habil Kilic und Theodoros Boulgarides.

JAZZUCCINO

Sie denken, Sie wissen schon alles über Donald Trump?! – Na?! – Ich wette: Nein. – Sollte Trump diese Woche Präsident werden, sieht es nicht nur für die Welt, sondern explizit für alle Jazzer sehr, sehr schlecht aus: „Trump ate a jazz person for breakfast" hat Bernie Sanders über Donald Trump in einem Interview gesagt.

Jazzer zukünftig als „Jazzer-Flakes", als „Jazzuccino" oder als „Jaathie"?! Fabriken zur Weiter-Verarbeitung von Jazz-Musikern, -Fans oder -Journalisten (ok, ok – das wäre vorstellbar) – „Amerika, oh tu uns das nicht an" würde Herbert Grönemeyer singen.

JURIST

Eigentlich wollte ich Jurist werden, aber mein Vater bestand darauf, daß ich eine Jazzbar eröffne.

KÄSE

„Könnte ich bitte eine Gabel und einen Teller haben?!"
„… ?! …" – „Ich habe mir gerade einen Camembert und eine große, saftige Birne gekauft und möchte das jetzt essen!"

KAFFEEFAHRT

„(…), grundsätzlich interessiert mich das Thema „gaming" im Rahmen der Digitalisierung schon. Insofern ist die Kanada-Reise schon spannend. (…) Wenn andere Fraktionsmitglieder aber fahren möchten und auch eine bestimmte thematische Nähe vorhanden ist, bzw. diese in dieser Legislatur noch nicht gefahren sind, sollen diese den Vortritt haben." (Generalsekretär einer bayrischen Landtags-Partei, der versehentlich diese E-Mail auch an mich schickte)

KARFREITAG

Wir schreiben das Jahr 2008. Seit zehn Jahren spielt der wunderbare Pianist Joe Kienemann solo an dem in Bayern berühmt-berüchtigten „Karfreitag": geistliche Lieder – verjazzt. Dezent, wie immer. Zehn Jahre lang kümmerte dies keinen. Außer meine erquickten Gäste. Und mich.

Aber: An „Karfreitag" gilt in Bayern ein „generelles Musikverbot in Schankräumen" (schließlich gibt es nichts teuflischeres wie ein Bier, kombiniert mit Musik), d.h. also: Es darf weder eine CD, geschweige denn Live-Musik gespielt werden. Hierbei handelt es sich um einen sogenannten „Minderheitenschutz": Der „Karfreitag" ist der höchste Feiertag der Evangelen (alle anderen Welt-Religionen werden in Bayern mit einem Minderheitenschutz nicht beglückt). Interessanterweise gibt es ein solches „Musikverbot" z.B. im evangelischen Hamburg nicht – dort gibt es ganz selbstverständlich an Karfreitag Live-Musik-Konzerte.

Grundsätzlich stellt sich nun zum einen die Frage, ob im 21. Jahrhundert in einer toleranten Gesellschaft ein „generelles Musikverbot" noch zeitgemäß ist. Zum anderen verwunderte nach zehn Jahren „Duldung" das plötzliche rigorose Durchsetzen des gesetzlichen „generellen Musikverbotes" – ohne vorherige Ankündigung, daß es eine Duldung nicht mehr gäbe.

Wie auch immer: Die „Stadt München" schickte im 11. „Vogler-Jahr" die Polizei, anschließend einen Bußgeldbescheid über 528,50 Euro – und drohte in ihrem Bescheid u.a. mit „Erzwingungshaft bis zu 6 Wochen (…)". Die Höhe des Bußgeldes von 528,50 Euro richte sich danach, ob „die Musik zum Kommen animiere". Ein Schelm, der Böses dabei denkt.

Warum aber duldete die „Stadt München" zehn Jahre lang an Karfreitag Live-Musik im „Vogler" – und im 11. Jahr nicht mehr?! Es kam, wie es kommen mußte: Zum Prozess. „Stadt München gegen Thomas Vogler".

Die „Stadt München" erklärte in den folgenden zwei Prozess-Tagen, sie hätte „10 Jahre lang nichts gewußt". Weder, dass im „Vogler" Live-Musik an Karfreitag gespielt werde, geschweige denn, daß dies, wenn denn dem so gewesen sein sollte, nicht gesetzeskonform sei. (Um die ganze Tragweite des letzten Satzes komplett zu verstehen, diesen einfach noch einmal lesen). Im elften Jahr hätte sie aber ein Schreiben der „Regierung von Oberbayern" bekommen, verstärkt die Einhaltung der „Karfreitags-Ruhe" zu kontrollieren:

„Dann wußten wir, daß wir etwas wissen müssen!" (besser hätte es auch Karl Valentin nicht formulieren können).

Das eigentlich Unglaubliche: Die Richterin folgte der Argumentations-Linie der „Stadt München". Ich wurde daraufhin so sauer (ja, ja das kann ich werden), daß ich die Richterin bat, den Prozess sofort zu beenden. Wenn die „Stadt München" für mein „Vergehen" 528,50 Euro haben wolle, solle sie 528,50 Euro bekommen. Die Richterin: „Herr Vogler, nicht Sie bestimmen, wann der Prozess zu Ende ist, sondern ich." Womit Sie, gebe ich zu, nicht ganz Unrecht hatte. Sie begann daraufhin, mit der „Stadt München" über die Höhe des Buß-Geldes zu verhandeln, woraufhin ich wieder „Frau Richterin, ich möchte Sie bitten …", denn ich wollte nun mal nicht, stur wie ich bin, nicht, daß darüber verhandelt wurde. – Ihre Antwort war, Sie ahnen es, die gleiche wie oben. Es begann zwischen der „Stadt München" und der Richterin ein Feilschen wie auf einem türkischen Bazar. Während ich, wie ein türkischer Samowar, still vor mich hin dampfte.

Ich wurde letztendlich „Im Namen des Volkes" zur Zahlung von 265,– Euro verurteilt. Auf meine Anmerkung (ich weiß, ich kann manchmal wahnsinnig nervend sein), es sei doch etwas verwunderlich, daß im evangelischen Hamburg Live-Musik an Karfreitag kein Problem sei, entgegnete die Richterin:

"Das sagen meine Dealer, die ich verurteile, auch immer: Das wäre aber woanders kein Problem gewesen!"

Na dann.

KARTOFFEL

Dass „Jazz" eine Nische ist: nichts Neues. Gähn.

Der Marktanteil am „Gesamtumsatz der Musik" lag 2018 bei knapp 1,8 Prozent, nur die Volksmusik verkaufte mit 0.9 Prozent sogar noch weniger.

Was ich wusste: Es gibt „Gold"– (bei 100.000) und „Platin"– Auszeichnungen (bei 200.000) verkauften Alben. Was ich nicht wusste: Nur für den „Jazz" gibt es eine Ausnahme: Da reichen „schon" 10.000 bzw. 20.000 Alben.

Aber, man will es gar nicht glauben: „Im Jahr 2019 gab es rund 4,79 Millionen Personen in der deutschsprachigen Bevölkerung ab 14 Jahre, die sehr gern Jazz hörten." Immerhin. Wenn die mal nicht geschummelt haben.

Wenn man das alles so liest denkt man aber doch: Es gibt nichts uncooleres wie: Jazz. – Vergessen Sie es! – Ein perfekter Indikator, daß wir die wirklich coolen Dudes sind, sind doch echt krass coole, sicher unglaublich erfolgreiche Produkte, die „Jazz" heißen:

Es gibt ein, sicher mega-super-duper-cooles Auto „Jazz" von „Honda", einen kann–nur magisch-verührerisch-sein Duft „Jazz" von „Yves Saint Laurent", ein, äh, Haarwuchsmittel „Jazz" und, kein Witz: „Jazz ist ein Unisex-Vorname. In den letzten Jahren wird Jazz etwa gleich häufig als Jungs- und als Mädchenname vergeben" (habe ich ein Glück, daß ich nicht „Jazz Vogler" genannt wurde) und eine ganze Zug-Baureihe der italienischen Staatsbahn heißt: „Jazz". Aber der ultimative

Beweis, daß nur wir die wirklich coolen Socken und einfach am Puls der Zeit sind: Das Allerheiligste der Deutschen, Synonym für die Deutschen schlechthin, eine Kartoffel, heißt: „Jazzy".

„Jazzy". Mit, so der Züchter, einer „guten Resistenz gegen Knollenfäule", einer „guten Schorfresistenz", „gutem Geschmack" und „wenig anfällig gegen Innenfehler". Und: „Jazzy" ist eine Kreuzung aus „Franceline" und „Cupido". Rrrrrrh. Wenn das alles nicht verführerisch klingt. Summa summarum: einfach „jazzy" – so wie wir – cool, nicht?!

KASSE

Jede Bar braucht eine Kasse. Das hatte sogar ich vor der Eröffnung begriffen. Und das will etwas heißen. Was ich genau brauchte, wußte ich natürlich nicht, wie so ein Ding funktioniert, auch nicht, aber …

Geliefert wurde mir „dat Ding" komplett konfiguriert ungefähr 5 Minuten vor Eröffnung. Wer rechnet schließlich schon damit, daß eine Gastro-Null eine Bar in der Größe des „Voglers" eröffnet. Sehen Sie. Auch nicht der arme Kassen-Lieferant …

Konsequenz: Ich hatte mir alles mögliche seiner verzweifelten Erklärungs-Versuche gemerkt, aber etwas wesentliches nicht: In der Gastronomie hat jeder Tisch eine Nummer. Die Nummer wird in die Kasse eingegeben, damit alles, was die Gäste am Tisch konsumieren, auf diesen Tisch boniert wird –

und am Ende als Rechnung rausgelassen wird. Klingt einfach. Wusste ich aber nicht …

Es kam mir zwar seltsam vor, z.B. auf „Helles" zu drücken und zwei identische Zettel zu bekommen, auf denen „Helles" und der Preis stand, aber als unglaublich cleveres Kerlchen ging ich davon aus: Ein Zettel ist wohl für die Ausgabe. Den anderen legen wir in kleine Gläschen auf die Tische. Und rechnen am Ende die Zettel zusammen. Wie in einem französischen Bistro. Bei zwei Gästen mag das ja noch gehen. Aber bei zehn Gästen an einem Tisch und gefühlt 100 Zetteln geht die Steuer-Erklärung schneller als das Auseinanderklamüsern, wer denn nun was bezahlt.

Eines Tages dachte ich: Die Kasse ist kaputt. Eine neue Mitarbeiterin (mit Gastro-Erfahrung, ja so etwas gab es) brachte einen Bon, auf dem zehn Getränke standen – und oben: Eine Tisch-Nummer. – Ein Wunder. – Ich glaube, sie hat bis heute mein ungläubiges Gesicht nicht vergessen.

KIRSCHWEIN

Dame sitzt an der Bar. Bestellt einen Chardonnay. „Entschuldigung, könnte ich bitte Cocktail-Kirschen in meinen Weisswein haben?!"

KLINGEL

Letzten Donnerstag klingelt es während des Konzertes plötzlich Sturm im Lokal. Ich renne durch den Not-Ausgang raus zur Einfahrt links vom Lokal. Eine Dame steht vor dem grossen Holztor auf der Straße, klingelt wieder: „… ?! …“ – „Ich habe reserviert!“ – „… ?! …“ – „Aber ich finde den Eingang vom Lokal nicht!“

KÖCHE

Der erste Koch stellte sich noch 1997 vor. Er war irgendetwas mal im „Sansibar“ und bei „Witzigmann“. Grün hinter den Ohren, wie ich war, liess ich mich beeindrucken. Er kochte drei Tage. Mehr schlecht als recht. Und fragte dann, ob er bei einem befreundeten Gastronom aushelfen könnte. Dessen Koch sei krank. Aber er würde mir einen „Ersatz“ besorgen.

Der „Ersatz“ riss sich als erstes in der Nachbar-Einfahrt den Auspuff ab. So tiefergelegt war sein „Sportwagen“. Cowboy-Stiefel, Hemd nach Art von Nelson Mandela, ein völlig unverständlicher, südtiroler Dialekt – „so stand er vor mir“. Er kochte einen Tag. Am zweiten rief er mich aus einer Arrest-Zelle an. Unfall gebaut, keine zugelassenen Reifen, Messer im Kofferraum – und die Polizei verstand ihn seltsamerweise nicht. Wir beendeten unsere „Zusammen-Arbeit“.

Drei Tage später stand er wieder in meiner Bar. Irgendwann verstand ich. Er wollte wissen, ob ich „etwas damit zu tun hätte“. Sie erinnern sich: Mein erster Koch war für einen erkrankten Koch eingesprungen. Das war er, der Südtiroler. Nein, bitte nicht fragen, was das für einen Sinn macht. Und mein erster Koch verpfiff den Südtiroler bei seinem Arbeitgeber, um dessen Job zu bekommen. Was den Cowboy dazu veranlasste, ihn krankenhausreif zu prügeln. Und wenn ich mit der Geschichte etwas zu tun hätte, würde er das gerne auch mit mir tun. Ich lernte: Rauhe Sitten in der Gastronomie.

KONTAKTHOF

„Ein leider zu Unrecht schlecht beleumdeter Arbeitgeber (…) die technischen Ausstattung ist Spitze, meine Kinder sind (…) neidisch, was es hier an Smartphones und Tablets für jeden Mitarbeiter gibt. (…) die Altersversorgung wird mir (wenn ich bis zur Rente durchhalte), dereinst viele hundert Euro zusätzlich pro Monat einbringen. Es ist schon fast obszön viel Geld. (…) bei einigen Positionen (…) kommen viele Dienstreisen zu Künstler-Events hinzu, die merkwürdigerweise immer an touristisch interessanten Orten stattfinden (ein Kollege von mir war in 2014 in Bangkok, Las Vegas, Manila, Sydney und Stockholm). (…) meine männlichen Kollegen loben besonders den Frauenüberschuss in der Firma (ca. 85 % Frauen), oftmals sehr junge Persönchen. Manchmal verkommt das arg sehr zum Kontakthof hier, besonders bei den vielen firmeninternen Feten (mit bekannten Künstlern) geht es hoch her." (Bewertung im Juni 2015 eines GEMA-Angestellten aus dem Bereich „Finanzen/Controlling" bei „kununu", der „größten Arbeitgeber-Bewertungsplattform im deutschsprachigen Raum")

LEITUNGSWASSER

Gastro-Kritik über ein Lokal in der Münchner Innenstadt gelesen: „Die Getränkekarte bietet u.a. das Helle sowie Weissbier für nicht ganz billige 4,50 Euro (…) Der halbe Liter Mineralwasser kostet 4,35 Euro (…) die Karaffe Münchner Leitungswasser ist käuflich zu erwerben und zwar für 1,85 „die Halbe" und gar nur für 2,60 der ganze Liter (…) Höchstes Lob!" Ich mache etwas falsch.

LIEBE

„Hallo Thomas, ist schon eine Weile her, aber wir waren mal Nachbarn und Freunde!" (per E-Mail)

Diese „Weile" ist über 40 Jahre her. Von ihr bekam ich mit sieben Jahren folgenden prä-pubertär-traumatischen Zettel: „Lieber Thomas, ich mag Dich zwar, aber lieben tu ich Dich nicht!"

LIEBLINGSORT

„Mein Lieblingsplatz ist eine kleine unscheinbare Bank, eine ganz banale Baumarkt-Bank, nicht mal sonderlich bequem, eigentlich viel zu schmal, ohne Rückenlehne, eher: ein Bänklein. Aber: ‚Meine' Bank steht auf dem münchnerischsten aller Plätze, dort, wo Münchens Charme, seine Grantler, seine Adabeis, seine Stenzen und seine ‚Promis', das alltägliche ‚Vorhang auf' am konzentriertesten zu erleben sind. Meine Bank ist wie ein Platz in der ersten Reihe dieses unver-

gleichlichen Volks-Theaters, Mittel-Punkt einer Freiluft-Büh-
ne, die es so kein zweites Mal gibt.

Da gibt es die rührende Frau Forstner, inzwischen 83 Jahre
alt, die immer noch fast täglich arbeitet, seit 58 Jahren Teil des
Theaters und: dessen Grande Dame. Immer an Ihrer Seite:
Ihr hünenhafter Mann, Sinnbild gutmütiger Stimmungs-
Schwankungen. Beide geben einen perfekt aufeinander abge-
stimmten Pas de Deux.

Dann gibt es den zu jeder Jahreszeit halbnackt als waschech-
ter Bayer in kümmerlicher Tracht posierenden Preußen, den
die Touristen als Münchner-Original missverstehen und fotografieren. Da gibt es den, der mit Werbung viel Geld verdien-
te und sich heute als Jesus vom Monopteros weißgewandet
mit einem frommen Spruch von Stand zu Stand schnorrt.
Und da ist Salvatore, der sicher nicht so heißt, aber angeblich
mal bei der Mafia war; jedes Theater braucht halt seinen
Schurken (auch wenn es gar keiner ist).

Vor allem an sonnigen Samstagen kommen die mit den riesigen Sonnenbrillen und möglichst kleinen Hündchen, die den
Platz als Laufsteg verstehen und sich und ihre Landhaus-
Mode präsentieren. Sind Fußballspiele in der Stadt, weiß man
auf meiner Bank immer, wer spielt: Die Fan-Gesänge aus
dem nahegelegenen Biergarten sind bierbedingt manchmal
etwas undeutlich, aber wir sind ja auch nicht in der Staatsoper.

Einen Tag im Jahr gibt es allerdings, an dem meine Bank keinen Platz im Freien findet – am Faschings-Dienstag. Ansonsten ist sie immer da. Meine Bank steht auf dem Viktualien-

markt. Aber das wissen Sie schon. Direkt am Baum bei ‚Müllers frisch gepresste Säfte'. Meinem täglichen Lieblingsplatz."
(aus: „Fußballstadion, Friedhof, Fraunhoferstraße – zum 850. Stadtgeburtstag stellen Prominente in der „Süddeutschen Zeitung" ihren Lieblingsort vor. SZ vom 16. Juni 2008)

LOGIK

„Gast aus Oberhaching verliert seine EC-Karte. Ich schreibe ihm eine E-Mail: „Sie haben Ihre EC-Karte bei mir liegen gelassen!" – Gast schreibt: „Wäre es unverschämt, Sie zu bitten, sie mir zu schicken? Ich komme leider nicht oft in die Stadt." – „Eine EC-Karte würde ich nur ungern mit der Post verschicken. Gibt es niemanden aus Ihrem Bekannten-/Freundes-Kreis, der diese abholen könnte?!" – „Leider Nein! Einfach schicken, dass passt schon." – Ich verschicke die EC-Karte per Einschreiben. Prompt kommt eine E-Mail: „Lieben Dank! Bringe das Geld für das Einschreiben bald vorbei, vielleicht schon morgen".

MÄRCHEN

Ich liebe Verschwörungs-Theorien. Wirklich. Sie erinnern mich an meine Kindheit. Wenn mir meine Mutter ein Märchen aus „Grimms Märchen" vorgelesen hat, einem alten Buch, aus dem auch ihr schon vorgelesen wurde – und ich in meiner kindlichen Naivität für wahr hielt, was ich da hörte. Ich mich fürchtete vor bösen Zauberern und pockennarbigen

Hexen. Vor Wesen, Ereignissen, die ich nicht kannte und nicht einschätzen konnte.

Die Gebrüder Grimm mussten jahrelang mühsam durch das Land ziehen, um die „Volksmärchen" zu sammeln. Ein modernes „Märchenbuch der Verschwörungstheorien" im grimmschen Stile, von: „Es war einmal …" bis zu: „… und sie lebten vergnügt bis an ihr seliges Ende", liesse sich heutzutage dank „Google" viel schneller erstellen. „Moderne Volksmärchen".

Zur Entstehungszeit der dann von Grimm gesammelten Märchen gab es Erwachsene, die annahmen, dass es „Den Teufel und seine Großmutter", „Frau Holle" oder „Rapunzel", Hexen, Zauberer, verwandelte Frösche … wirklich gibt. Heute glauben Menschen, daß Angela Merkel Hitlers Tochter ist, die Erde eine Scheibe und Bill Gates über Covid19 die Weltherrschaft an sich reißen will. Alles ein bisschen moderner. Aber inhaltlich kaum ein Unterschied.

Es wird wieder Jahrhunderte dauern, bis die Menschen nicht mehr denken, dass es Reptiloiden, Chemtrails, die Barcode-, Adrenochrom- oder eine Covid19-Verschwörung gibt. Bis „an mein seliges Ende" freue ich mich aber über jede neue Verschwörungstheorie, werde sie in meinem imaginären Märchenbuch abheften, mit den Worten „Es war einmal …" beginnen und mich darüber wundern, wie aus einer kruden Idee irgendeiner besoffenen Tafelrunde plötzlich „Mainstream" wird. Extrem gutes Marketing. Kann man direkt neidisch werden. Und was zum Teil Geld damit verdient wird. Beneidenswert.

Bin aber auch gespannt, wann Menschen bei Zahnschmerzen anfangen, in den Baumarkt zu gehen, um sich dort vom „Fachverkäufer für Bohrmaschinen" behandeln zu lassen. Oder bei einem Blinddarm-Durchbruch zum Metzger. Würde keiner machen?! Stimmt, da gehen sogar Verschwörungstheoretiker: zum Experten. Zum Arzt. Ist das Doppelmoral?! Einerseits dem Experten zu vertrauen. Andererseits aber „Fakten" zu teilen und zu glauben, ohne sich darüber Gedanken zu machen, woher diese „Informationen" denn kommen, welche Quellen, welche Expertisen, welche Experten denn dahinterstecken?! Im Unterschied zu grimmschen Zeiten bedarf es nur ein paar Klicks, um das seriös zu recherchieren.

Wissen Sie, was ich glaube?! Karl Valentin lebt! Das alles kann sich nur einer wie er ausdenken.

MANGA

Das „Vogler" wurde in *den* japanischen Jazz-Manga „Blue Giant Supreme" integriert. Die Geschichte: Der (fiktive) junge, japanische Tenor-Saxophonist Miyamoto Dai will der weltbeste Jazz-Saxophonist werden, fliegt nach Europa, nach München und kommt, natürlich, als erstes, kein Witz, ins „Vogler". Klar. Und wie das so ist in Europa, muss er erst einmal mit einer herben Abfuhr leben. Durch mich. Auch klar.

Es ist erstaunlich, wie korrekt detailliert die Zeichnungen in dem Manga sind (Pflastersteine vor der Tür, die Kugeln am Schild, das Logo der Brauerei etc.). Und jetzt weiß ich endlich auch, warum immer wieder japanische Touristen in meiner Bar ein Photo mit mir machen wollen.

Kann man mehr erreichen, wie in *dem* japanischen Jazz-Manga integriert zu werden?! Nein. Wenn Sie wissen möchten, wie es dem armen japanischen Saxophonisten bei mir ergeht – und wie mich der Zeichner Shinichi Ishizuka „verfremdet" hat, den Manga gibt es inzwischen auch auf deutsch, erschienen am 28. April 2020 im „Carlsen Verlag".

MARGARITA

Gast zur neuen Mitarbeiterin, Probetag: „Ich hätte gerne eine Margarita" – Mitarbeiterin: „Pizzen haben wir leider nicht!"

MASCHINENJAZZ

„Sehr geehrter Herr Vogler, Ihre Webseite hat mein besonderes Interesse geweckt, deshalb bewerbe ich mich in Ihrem Unternehmen. Ich habe das Studium Diplom-Maschinenbau für Produktion erfolgreich abgeschlossen. Deutschland ist ein wichtiger Handelspartner in der Maschinenbaubranche für China. Wenn Sie die Geschäfte in China weiter ausbauen oder eine Geschäftsbeziehung aufbauen wollen – ich bin die richtige Person. Zu einem persönlichen Gespräch stehe ich Ihnen gerne zur Verfügung und freue mich über Ihre Einladung." (per E-Mail)

MATHEMATIK

Gast: „Wir hätten gerne eine Halb-Liter-Karaffe-Rotwein." –
„Karaffen haben wir leider nicht, aber ich kann Ihnen gerne
zwei 0,2 Liter Gläser bringen." – Gast: „Oh nein, das wird
uns zu viel!"

MENOPAUSE

Zwei Damen an der Bar. Am Ende des Abends: „Zwei Meno-
Pausen-Frauen würden gerne zahlen."

Nicht, daß Sie denken, „Menopause" wäre vorher vielleicht
schon Gesprächs-Thema zwischen uns gewesen. Nö. Ich hätte mich auch schwer getan, aus eigener Erfahrung etwas kon-
struktives zu dem Thema beizutragen.

Für Männer ist es nicht einfach, hier richtig zu reagieren.
„Toll, ich wollte schon immer mal über Menopausen reden"
oder: Leicht schwerhörig stellen: „Die Musik-Pause ist gleich
vorbei"?! Gar nicht darauf eingehen?! Kann ich nicht.

Die Amerikaner sind uns da (wie immer) einen großen Schritt
voraus. Es gibt ein Musical. Das heißt?! Richtig:
„Menopause". Mit einer Bar-Szene?! Weiß ich nicht. Solle es
mal in München inszeniert werden, geh ich mit Sicherheit hin.
Damit ich endlich mitreden kann.

MENSCH

„Gutmensch" ist das „Unwort des Jahres". „Als ‚Gutmenschen' wurden 2015 insbesondere auch diejenigen beschimpft, die sich ehrenamtlich in der Flüchtlingshilfe engagieren (..)", „Toleranz und Hilfsbereitschaft (werden) pauschal als naiv, dumm und weltfremd (…) diffamiert." Ich bin mir sicher, es geht vielen von Ihnen wie mir: Wir waren und sind gerne „Gutmenschen". Und wenn mir einer blöd kommt, hilft immer die Gegen-Frage: „Und Sie, Sie sind dann wohl ein Schlecht-Mensch, oder?!" Hilft immer.

MERCURY

Manchmal stößt man auf Geschichten aus der Rumfordstrasse, die, zwar schon lange bekannt, aber doch immer wieder Freude bereiten. Mir jedenfalls.

Eine davon ist das Video „Living on my own", das der unvergessliche Freddie Mercury 1985 im ehemaligen „Mrs. Hendersen" in der Rumfordstraße 2 drehte. Unter anderem an seinem 39. Geburtstag. Mit angeblich 300 Gästen. Unter ihnen Boy George oder „Frankie goes to Hollywood". Der Champagner floss in Strömen, der Kaviar soll kiloweise vernichtet worden sein.

"Der plüschige Laden mit viel rotem Samt wurde eigens dafür zwei Wochen geschlossen und nach Freddies Vorstellungen komplett in Schwarz Weiß umdekoriert. „Black & White" war das Motto seiner Party, in Anlehnung an den berühmten

„Black & White Ball" von Truman Capote im New York der Sechzigerjahre.

Aus London ließ Freddie Freunde mit einer Boeing 737 einfliegen, dazu waren Münchner Szenetypen und seine Freundin Barbara Valentin eingeladen. Alle mussten in schwarzweißen Kostümen erscheinen. (…)

Als Freddie unser Filmmaterial sichtete, entschied er spontan, die Partyszenen auch für ein Musikvideo zu seiner Solosingle „Living On My Own" zu nutzen.

Der Klub blieb daraufhin weitere zwei Wochen geschlossen, wir ergänzten die Partybilder mit Gesangsaufnahmen von Freddie und Tanzeinlagen mit Drag-Queens." (Hannes Rossacher, Produzent des Videos, SPIEGEL online, 24. November 2016)

Das Video war einst verboten und wurde jetzt im Oktober 2019 in einer remasterten Version wieder hochgeladen.

Es ist ein Vermächtnis an Lebenslust, Opulenz, Dekadenz, Freizügigkeit und einer gehörigen Portion Verrücktheit.

Am Anfang des Videos sehen Sie kurz: Die Rumfordstraße.

MESSERSTECHER

Mann kommt an die Bar, bestellt ein Weissbier. Als ich später an ihm vorbeigehen will, baut er sich vor mir auf: „I bin da Sprecha von da Nochbaschoft. Eigentlich wollt i di niederstecha. I hob a Messa dabei!" – Wenigstens ist immer was los.

Der „Sprecher der Nachbarschaft" wohnte ein Haus weiter.
Er saß schon am ersten Abend an der Bar, Jeans-Hosenanzug,
Bier-Bauch, Weißbier. Unabhängig davon, daß ich nicht recht
wusste, was ich mit ihm anfangen soll, hatte er einen Tick: Er
wiederholte jeden seiner Sätze mindestens dreimal, was an
sich die Kommunikation mit ihm schon erschwerte. Ab und
zu hing auch mal ein handgeschriebener Zettel, unterschrieben mit „Sprecher der Nachbarschaft", an der Bar-Tür. Später
warf er noch eine volle Weißbierflasche aus dem zweiten
Stock nach mir, verfehlte mich nur knapp. Da musste dann
doch mal die Polizei klärend einschreiten. Eines Tages war er
dann plötzlich ausgezogen. Wohin, weiß ich nicht. Vermißt
habe ich ihn, unverständlicherweise, nicht. Sollte bei Ihnen
plötzlich ein „Sprecha der Nochbaschoft" auftauchen, müssen Sie mir nicht Bescheid geben.

MIET MICH

Wie wir gelernt haben: „Rent a Fan" gibt es – und dient möglicherweise unglaublich unserem Geltungsbedürfnis. Die Frage stellt sich: Was gibt es eigentlich noch alles so zu mieten?!
„Rent a Jazzbar Owner"?! „Rent a Musician"?! Fehlanzeige.

Amazon's „Rent a Buddhist Monk" (kein Witz) mußte auf
Grund von Protesten wieder eingestellt werden.

Männer?! Frauen?! „Rent a man", „Rent a Woman" gibt es
nicht. Aber: „Rent a Wife". In Kanada. „Rent-A-Wife Home
Services provides plumbing, electrical, painting and carpentry
specialists." Nicht unbedingt das, was man erwarten würde.

Wenn schon, denn schon: „Rent a sex toy"?! Gibt es. Die Internetseite sei aber gerade erst im Aufbau. Nein, keine Fragen bitte.

"Rent a dog" gibt es, ist aber ein Platten-Label. Dafür gibt es aber „Rent a Cow": „Flying Cow" für 500,–, „Aquacow" für 350,– Dollar die Woche. Nein, bitte immer noch keine Fragen. „Rent a Frog"?! Gibt es. Ist aber ein „Parking-Service". „Rent a soul"?", „Rent a heart"?! Bietet noch nicht einmal Amazon an. Gibt es nur als Album oder als Songtext.

"Rent a Manager"?! Ja, in Singapur. Wo sonst. „Rent a Lobbyist"?! Ja, in Deutschland. „Rent a Psychopath"?! Nein, geht dann doch wohl ein bißchen zu weit. „Rent a Journalist", „Rent an Idiot", „Rent a Monster" … alles gibt es.

Etwas fürs gute Gewissen gibt es aber auch. „Rent a Minority". Falls Sie das Gefühl haben sollten, Ihre Veranstaltung, Ihr Firmen-Event, die Presse-Konferenz oder auch die Privat-Party würde mehr Farbe, mehr religiöse oder sexuelle Vielfalt vertragen: „Rent a Minority". Sie wollten sich schon immer als weltoffen zeigen, aber irgendwie ist es Ihnen noch nie so richtig gelungen?! „Rent a Minority". Aber bevor Sie sich, in welche Richtung auch immer, darüber aufregen: Schauen Sie sich deren Seite an. Und lesen Sie dann ganz zum Schluss die FAQ..

MINIMALISMUS

„Hallo Thomas! Wir würden gerne nach München am 6. August kommen um zu spielen! Lassen Sie uns wissen. Alles Liebe, Flavia."

Sie denken, ich habe etwas weggelassen oder ich würde Flavia und die Band schon kennen?! – Nein. – Ist das nicht wahrer Minimalismus. Kein Band-Name, keine Homepage, keine Musiker-Namen, keine Instrumentierung, keine Stil-Richtung, kein Photo ... – Nichts. – Und was kam als Antwort auf meine „Automatische Antwort", in der ich alle von mir benötigten Informationen für einen Band-Auftritt noch einmal abfrage?! – Auch: Nichts.

Die Band kommt sicher einmal ganz, ganz groß raus.

MOLLATH

„Die Strafsache Mollath ist eine bisher von mir nie gesehene Ansammlung von vorsätzlichen Gesetzesverletzungen, gravierenden Verfahrensfehlern, gepaart mit schweren Verteidigungsfehlern und Versagen von kontrollierenden Instanzen. Hinzu kommt eine (…) geradezu unmenschlich erscheinende Ignoranz der jeweiligen Adressaten." (Prof. Dr. Henning Ernst Müller, Lehrstuhl für Strafrecht, Universität Regensburg, 23. Februar 2013)

„Es ist im Laufe des Verfahrens gegen Herrn Mollath zu schwerwiegenden Verletzungen gesetzlichen Rechts gekommen, mit denen elementare Gewährleistungen eines rechtsstaatlichen Strafverfahrens missachtet wurden. Die Rechtsverletzungen geschahen allesamt sehenden Auges (…). Es handelte sich (…) um Fälle vorsätzlicher Rechtsbeugung." (RA Dr. Gerhard Strate, Wiederaufnahmeantrag vom 19. Februar 2013)

Gustl Mollath ist Opfer eines Irrtums der bayerischen Justiz und saß von 2006 bis August 2013 in der Psychiatrie. Das „Vogler" versuchte von März 2013 an, unter anderem mit einer Petition, die 57.424 Unterschriften erreichte, Mollath zu helfen.

MOTHERFUCKER

„Darf ich einen Musikwunsch äußern?!" – „Wenn ich ihn erfüllen kann, gerne." – „Bitte spielen Sie doch Sexy Motherfucker von Prince!" – „Das passt leider nicht ganz." – „Warum?! Da kommt doch ein Saxophon vor!"

MUTTERMILCH

"Entschuldigung, könnten Sie für mich etwas in Ihrem Kühlschrank aufbewahren?!" – „Gerne, aber: Was ist es denn?!" – „Muttermilch!" – „… ?! …" – „Ich habe gerade abgepumpt." – Sprachs – und drückt mir ein Fläschchen warmer Milch in die Hand.

NACKIG

Gast geht aus dem Lokal, zieht Schuhe, Strümpfe, Hose aus, legt alles vors Lokal - und geht. Vor Jahren hat sich ein Musiker einmal splitternackt ausgezogen und vor dem Lokal zum Tanzen angefangen. Eine Haus-Bewohnerin pflegte, als es noch einen Zigaretten-Automaten im Eingangsbereich der Bar gab, nur mit Nachthemd bekleidet durch die Bar zum Zigaretten holen zu gehen. Ein Nachbar drückte sich, nur mit weißem Bademantel und rosa Plüsch-Hausschuhen bekleidet, einmal die Woche durch die Gäste an der Bar, um mir einen Liter Milch abzukaufen. Jazz. Ist einfach Improvisation.

NACKTVOGLER

Sorry, sorry, sorry. Ich weiß. Die Überschrift. „Nackt-Vogler". Ein Albtraum. Auch für mich. Jeden Morgen. Aber: Nicht ich, sondern Axel Hacke (Sie wissen schon: der von der letzten Seite des Magazins einer großen deutschen Tageszeitung) – der, der ist schuld.

Im Heft hat er (nein, das zu behaupten wäre nun doch etwas zu vermessen) nicht über den „Vogler" an sich geschrieben (auch wenn er, und das passt nun schon eher zu mir, nicht nur den „Nackt-" sondern auch noch den „Extrem-Vogler" erwähnte). Aber alleine in einem so renommierten Heft genannt zu werden, läßt meine schmale Brust doch um (mindestens) ein Millimeterchen schwellen.

Worüber er eigentlich geschrieben hat?! Ist das jetzt so wichtig?! – Na gut. Über Vogel-Beobachtung. In Nordamerika. „Extreme Birder". Und einer tut dies: nackt, ein: „nude birder". Sachen gibt's. Und da „Birder" sich im Deutschen nicht direkt übersetzen läßt, tat Hacke dies mit: „Vogler". Und schwupp di wupps bin ich Teil der Hoch-Literatur. Extrem. Und nackt.

NEUN JAHRE LÄNGER LEBEN

Mann o Mann müssen Sie mir dankbar sein. Ja, ja, das müssen Sie. „Was hat er denn jetzt schon wieder, der Vogler?!", werden Sie fragen. Nervös auf dem Stuhle rutschend. Tja.

Eine Studie hat ergeben: Das Lesen meines Newsletters und meines Buches macht glücklich. Ok, ok. Das ist Quatsch. Aber: Eine Studie wird Sie täglich Gast im „Vogler" werden lassen: „going to gigs directly links high levels of well-being with a lifespan increase of nine years." Sie haben richtig gelesen: Wenn Sie zu Konzerten gehen, werden Sie bis zu neun, ich wiederhole: NEUN Jahre länger leben.

Wer das rausgefunden hat. Die „Goldsmith University". Wie?! Probanden wurden getestet und dann je ein Drittel zu einem Konzert, zu einer Yoga-Stunde – und zum Gassigehen geschickt. Und danach noch einmal getestet. „Während die Gassi-Spaziergänger um 7 Prozent und die Yoga-Sportler um 10 Prozent glücklicher waren, als vor dem Ausflug, waren die Konzertbesucher um sage und schreibe 21 Prozent glücklicher als vor dem Event."

Zugegeben: Es handelte sich insgesamt nur um 60 Probanden. Wahrscheinlich alle männlich. Die Konzert-Besucher
wurden zu Paloma Faith geschickt (und die würde mich sogar
100 Prozent glücklicher machen, wie Gassigehen und Yoga).
Noch dazu wurde die Studie von O2, die ich weiß nicht wie
viele Konzerte in England sponsern, (mit-)finanziert. Es
bleibt also mehr als ein leichtes Gschmäckle.

Wurscht. Neun Jahre länger leben. Klingt gut. Tut gut. Also:
Ab ins „Vogler". Oder wollen Sie etwa neun Jahre kürzer leben?! Na also, geht doch.

NIRIT

Eine Geschichte, die mich nachdenklich macht.

Ich habe der „Stadt München" untersagt, das „Vogler" weiterhin auf der offiziellen Homepage der „Stadt München",
muenchen.de, zu integrieren, den bereits fertig gestellten
Image-Film mit dem „Vogler" zu veröffentlichen und meine
Unterschrift für das städtische „Bündnis gegen Rechtsextremismus" zurückgezogen. Das wirkt auf den ersten Blick vielleicht seltsam. Für mich ist es nur konsequent.

Der Grund: Der aus meiner Sicht skandalöse Umgang der
„Stadt München" mit der jüdischen Israelin Nirit Sommerfeld, einer Künstlerin und Aktivistin, die ich seit vielen Jahren
kenne und schätze.

Unstrittig dürfte sein: München hat, als ehemalige „Hauptstadt der Bewegung", eine besondere Verantwortung gegen-

über Israel, aber auch, daraus folgend, gegenüber Palästina. Klar, ein heikles Thema. Sommerfeld setzt sich seit Jahren für einen Israel-Palästina-Dialog ein. Und sei damit „fürs Rathaus und somit auch für uns (das Kulturreferat) (…) (ein) rotes Tuch".

Ein anderer, auch bei Sommerfeld angewandter, beliebter Reflex ist, jeden, der sich für diesen Dialog einsetzt und dabei (zwangsläufig) Israels Politik kritisiert, entweder mit dem „BDS"– oder gleich mit dem Antisemitismus-Stempel zu versehen – und damit zu diskreditieren und mundtot zu machen.

Diese städtische Israel-Palästina-Doppel-Moral kann und will ich nicht unterstützen. Der berühmte Tropfen, der für mich das Fass zum Überlaufen brachte, war ein geradezu bizarr anmutender „Schriftverkehr" zwischen der Leiterin der städtischen „Fachstelle für Demokratie – gegen Rechtsextremismus, Rassismus und Menschenfeindlichkeit", (mit der ich u.a. beim „Bündnis gegen Rechtsextremismus" zusammengearbeitet hatte) und mir, den ich untenstehend dokumentiere.

Die Frage ist: Warum braucht eine Stadt eine „Fachstelle für Demokratie – gegen Rechtsextremismus, Rassismus und Menschenfeindlichkeit", wenn mit zweierlei Maß gemessen wird?! Wenn diese Fachstelle noch nicht einmal willens ist, mit einer jüdischen Israelin, die sich für einen Israel-Palästina-Dialog einsetzt, ein Gespräch zu führen (oder wenigstens sich zu einer entsprechenden Anfrage zu äußern)?! Dann sollte fairerweise die Fachstelle mit dem Zusatz versehen werden: „Gilt für alles – nur nicht für einen Israel-Palästina-Dialog".

Mensch ist nicht gleich Mensch, wenn es sich um einen Palästinenser handelt?!

Das „Vogler" wird sich sich weiter „für Demokratie – gegen Rechtsextremismus, Rassismus und Menschenfeindlichkeit" einsetzen, ohne diskriminierenden Zusatz, so wie zehntausende Münchner 2018 – die ebenfalls ohne diskriminierenden Zusatz auf die Straße gegangen sind. Weil wir Münchner normalerweise keinen Unterschied machen, wenn Menschen wegen Ihrer Hautfarbe, Religion … diskriminiert werden. Gerade das macht unsere Stadt so besonders. Und wir sollten alle täglich dafür arbeiten, daß München als „Hauptstadt der Begegnung" in die neuere Geschichte eingehen wird.

Ich dokumentiere hier den E-Mail-Verlauf zwischen der Leiterin der städtischen „Fachstelle für Demokratie – gegen Rechtsextremismus, Rassismus und Menschenfeindlichkeit" und mir zwischen dem 14. November 2018 und dem 9. Januar 2019. Die E-Mails bauen im Original aufeinander auf. Der besseren Lesbarkeit halber habe ich nur den jeweils neuen Text hier dokumentiert:

14. November 2018
Liebe Frau Dr. (…),
hätten Sie nicht mal Zeit und Lust, sich mit Nirit Sommerfeld auf ein kurzes Gespräch zu treffen?! Ich würde das gerne vermitteln.

26. November 2018
Liebe Frau Dr. (…),
ich wollte noch mal nachhaken :-)

4. Dezember 2018

Liebe Frau Dr. (…),

ich weiß, ich bin hartnäckig :-)

18. Dezember 2018

Liebe Frau Dr. (…),

noch ein Versuch … :-)

2. Januar 2019

Liebe Frau Dr. (…),

erst einmal: Ein gutes Neues Jahr!

Doch das ist nicht der Grund meiner E-Mail: Um ehrlich zu sein, bin ich mehr als irritiert, Ihnen seit 14. November 2018 nun bereits die 5. E-Mail mit der immer wieder gleichlautenden Frage: „hätten Sie nicht mal Zeit und Lust, sich mit Nirit Sommerfeld auf ein kurzes Gespräch zu treffen?! Ich würde das gerne vermitteln" zu schreiben, ohne ein einziges Mal eine Antwort erhalten zu haben.

Es irritiert mich so sehr, daß ich Sie bitten würde, mich ab 17. Januar 2019 als Unterzeichner von www.kunstkultur-respekt.de zu entfernen, wenn ich bis 16. Januar 2019 keine Antwort von Ihnen erhalten habe.

Ich denke, daß die Begriffe „Kunst", „Kultur", „Respekt" auch einen gewissen Respekt, nicht nur im gemeinsamen Auf-Stehen, Flagge-Zeigen, Ein-Setzen gegen Rechtsextremismus etc. sondern auch in der Kommunikation und dem Respekt untereinander erfordert.

Ich würde meine Entscheidung auch dementsprechend in meinem Newsletter kommunizieren und begründen.

9. Januar 2019: Frau Dr. (…) an mich:

Lieber Herr Vogler,

Ihnen auch einen guten Start ins Neue Jahr!

Entschuldigen Sie bitte, dass ich mich so lange nicht gemeldet habe. Tatsächlich war hier sehr viel los und die Personaldecke ist eben immer irgendwie zu dünn.

Wir nehmen die Jazzbar so schnell es uns möglich ist von der KunstKulturRespekt-Seite. Falls dies etwas länger als bis zum 17.01. dauern sollte, bitte ich dies zu entschuldigen, die zuständige Mitarbeiterin ist derzeit nicht im Büro und ich weiß nicht, ob wir das auf den Tag genau schaffen.

Ansonsten würde ich mich freuen, wenn sich bei Gelegenheit und evtl. in einem anderen thematischen Kontext mal wieder ein Kontakt oder eine Möglichkeit zur Zusammenarbeit ergibt.

Mit freundlichen Grüßen

NOBELPREIS

Artikel aus dem „Kölner Abendblatt" vom 31. März 2019: „Vogler" erhält „Alternativen Kultur-Nobelpreis"

„Die Münchner „Jazzbar Vogler" soll an diesem Montag den „Alternativen Kultur-Nobelpreis" erhalten. Erst-Informationen von unserem Feuilleton-Chef Hans-Gustav Rappenbock (zur Zeit: Stockholm) (dpb, kab) Das schwedisch-königliche Komitee des „Alternativen Nobelpreises" erklärte am Wochenende überraschend, diesen Montag zum ersten Mal einen bisher noch nicht ausgeschriebenen „Kultur-Nobelpreis", dotiert mit 1 Million Euro, zu vergeben.

Wie durch den Jury-Vorsitzenden Ole Öppelquist-Mökkelström vorab bekannt gegeben wurde, ginge der Preis nach Deutschland: an die Münchner Jazzbar „Vogler". Die Entscheidung hätte die elfköpfige Jury einstimmig gefällt. Noch ist nicht bekannt, was die Jury zu dieser Entscheidung bewogen hat. Nicht auszuschließen, dass es sich hierbei um ein grandioses Missverständnis handelt. Nach unseren Recherchen wurde das „Vogler" zwar vom „BMKFS" („Bundesministerium für die korrekte Vergabe von Steuergeldern und die Förderung nicht-subventionierter Spielstätten") als „Spielstätte des Jahrhunderts" ausgezeichnet, ist aber ansonsten überregional kaum in Erscheinung getreten.

Es ist absehbar, daß diese Entscheidung in der weltweiten Kultur-Szene wie eine Bombe einschlagen wird. Nachdem die ersten Gerüchte über die Verleihung durchsickerten, reagierten vor allem die hochsubventionierten Bühnen mit „Skandal" und „Betrugs-" Vorwürfen. Wie es Thomas Vogler gelungen ist, die schwedisch-königliche Jury von seiner Arbeit erstens überhaupt in Kenntnis zu setzen und zweitens: zu überzeugen, ist uns noch nicht bekannt.

Für eine Stellungnahme waren weder Öppelquist-Mökkelström noch Vogler zu erreichen. Aufgrund der gerade aus Deutschland zu erwartenden extrem hohen An- und Nachfragen hat das schwedisch-königliche Komitee angekündigt, von Montag, 0 Uhr bis Montag, 15 Uhr unter +49 89 21268568 eine automatische Ansage mit einer ersten Kurz-Fassung der Jury-Begründung freizuschalten. Um 16 Uhr sei, so Presse-sprecherin Linnea Kankenson, eine Presse-Konferenz in Stockholm angesetzt.

Erst vor kurzem wurde öffentlich, dass Vogler, wahrschein-lich als erster Europäer überhaupt, in den japanischen Jazz-Manga „Blue Giant Supreme" integriert wurde. Der japani-sche Blue-Giant-Verlag „Shogakukan" plane, so Verlags-Spre-cherin Chimiro Yakaloto, mit Vogler eine Japan-Manga-Tour als „Mr. We don't need you". Ob die Veröffentlichung des Jazz-Mangas einen Einfluß auf die schwedisch-königliche Akademie hatte: Auch dies ist reine Spekulation. Es bleibt abzuwarten, wie diese doch sehr ungewöhnliche Entschei-dung begründet werden wird.

(Für das „Kölner Abendblatt" aus Stockholm: Hans-Gustav Rappenbock)

(P.S.: Vielen, vielen Dank für die vielen Glückwünsche, manchmal wissende, manchmal nicht so ganz wissende ("Die 1 Million Preisgeld wird aber nicht auf einmal überwiesen, oder?!" – nein, leider nicht).

Natürlich gibt es weder das „Kölner Abendblatt" (auch wenn der Artikel im Netz täuschend echt aussah, das Blatt ist ein Fake), noch einen „Alternativen Kultur-Nobelpreis", der schwedisch-königliche Jury-Vorsitzende Ole Öppelquist-Mökkelström ist ebenso meine Erfindung, wie der aus Stockholm berichtende Feuilleton-Chef Hans-Gustav Rappenbock oder die Nachrichtenagentur „dpb", das ist der „Deutsche Pfadfinderbund"…. – der Artikel war, natürlich, vom kleinen dicken Vogler. Asche auf mein Haupt.

NOMIE

Zum 20-jährigen dachte ich mir: „Da könnte ich doch mal einen ganz besonderen Musiker einladen." – Wen?! – Jamie Cullum. – Wär' das nicht was?! Man muß sich doch wenigstens einmal im Leben etwas gönnen. – Gesagt, getan. Agentur gegoogelt, angeschrieben, gewartet. Schon nach einem Monat bekam ich eine Antwort: Ja, toll, gerne, klingt interessant … bla bla bla. – „Was soll es denn kosten?!" – Und jetzt raten Sie mal, was Jamie Cullum solo, an einem Montag, für eine kleine Jazzbar mit 100 Gästen, zum 20-jährigen kostet. – Na?! 10.000,– Euro, 30.000,– Euro, 50.000,– Euro oder vielleicht doch mehr (oder weniger)?!

100.000,– (in Worten: einhunderttausend) Euro. Das wären 1.000,– Euro pro Ticket. Das hätten Sie doch sicher bezahlt. Ach ja: Zuzüglich Mwst., Hotel, Flug etc. – Sie vermuten es wahrscheinlich nicht, aber ich habe dann doch dankend abgelehnt … – schade. Warten wir noch 70 Jahre, dann wird er vielleicht günstiger.

NOUS SOMMES HUMAINS

Ich stelle mir vor, radikal-fanatische Katholiken würden „Hallelujah", „Preiset den Herrn" brüllend eine mordende Blut-Spur auf eine für sie auf dem „Alten Testament" basierenden „Wahren Version des katholischen Glaubens" durch Europa ziehen.

Sie würden z.B. Frauen, die Männer an die Schamteile greifen, die Hand abhacken (Deuteronomium 25), Sklaven halten (Exodus 21), Erstgeborene erschlagen (Exodus 12), am Sonn-tag arbeitende umbringen (Exodus 31), alle Ungläubigen tö-ten (Exodus 32), Ehebrecher mit dem Tode bestrafen (Leviti-kus 2o), Gotteslästerer steinigen (Levitikus 24), mit Fremden Unzucht treibende pfählen (Numeri 25), Männer und Frauen, die anderen Göttern dienen, steinigen (Deuteronomium 17), zum heiligen Krieg aufrufen (2 Chronik 20) usw. usw. – Nie-mand würde auf die Idee kommen, diese Irren hätten etwas mit „Katholiken" zu tun, niemand würde behaupten, „Die Bibel" würde zum Töten und Morden aufrufen – und keiner hätte Angst vor *den* Katholiken …

NUMMER 13

Gehe an den Tisch, um die Bestellung aufzunehmen. Dame: „Ich hätte gerne die Nummer 13!" – „… ?! …" – Meine Ge-tränke haben leider keine Nummern." – „Doch, doch! Ich hätte gerne die Nummer 13!" – Sie zeigte dann bei den „Of-fenen Rotweinen" auf den „Merlot". Nach dem Weingut steht eine „13". Richtig. Der Jahrgang.

OKTOBERFEST

Die Oktoberfest-Zeit weckt bei mir immer Kindheits-Erinnerungen. Vor allem, wenn man zwar, wie ich, in München geboren, aber aus einem norddeutschen Intelektuellen-Elternhaus kommt, das „Oktoberfest" zwar schreiben kann, aber nie und nimmer freiwillig dort hingehen würde.

Wenn wir dann doch mal gingen, wurde ich bayerisch aufgehübscht. Oder jedenfalls so, wie sich norddeutsche Eltern ein echt „bayerisch" aussehendes Kind vorstellten. Meistens bekam ich eine rosa Trachten-Krawatte verpasst. Mit meiner Hornbrille und damals 15 Dioptrien Kurzsichtigkeit, einem Trachtenjäckchen und einem karierten Hemd, Cord-Hose, braunen Halbschuhen mit weißen Socken hätte man mich auch als Geist in eine Geisterbahn stecken können – aber Lebend-Geister gab es damals noch nicht.

Eigentlich sind wir nur auf die Wies'n gegangen, um dem Löwen vorm Löwenbräuzelt beim „Lööööööwenbräu" brüllen zuzuhören. Weil es so schön war, musste ich mir das in der Regel mindestens zweimal anhören. Reingegangen in ein Zelt sind wir nie.

Fahrgeschäfte interessierten meine Eltern nicht. Das höchste der Gefühle war eine Fahrt mit dem Autoscooter. Natürlich: Ich alleine. Bis ich rausgefunden hatte, wie ich gleichzeitig Gas geben, dieses seltsame, völlig verdrehte Lenkrad kontrollieren und meine schwere Brille festhalten sollte, war die Runde auch schon wieder vorbei. Dafür wurde ich sicher 15 mal angebumpert. Lebender Geist mit Hornbrille und rosa

Krawatte ist aber auch einfach ein zu schönes Opfer. Ich glaube, der Begriff: „Du Opfer" wurde damals erfunden. – Autoscooter wollte ich danach nicht mehr fahren.

Einmal erbarmte sich dann eine Tante, mit mir Achterbahn zu fahren. Sie hatte aber selbst eine so unglaubliche Angst, dass sie sich während der Fahrt übergeben musste. Vor lauter Aufregung riß ihr dann auch noch die Hose, dort, wo sie vielleicht nicht unbedingt reissen sollte. Ich saß neben meiner schreienden, sich erbrechenden Tante, hielt mit einer Hand krampfhaft meine Brille fest, mit der anderen krampfhafterer: mich. Nach der Fahrt hätte man uns beide als Lebend-Geister verwenden können. Aber es gab ja damals noch keine. – Muss ich es erwähnen: Sie ist nie wieder mit mir Achterbahn gefahren.

Fällt mir gerade so ein. Weil ja bald wieder Oktoberfest ist.

OPTIMISMUS

Ein Pärchen sitzt an der Bar, erstes Date, „er" geht auf die Toilette, „sie": „Haben Sie viele Kondome?! Ich brauche bitte acht!"

OTTO

„Lieber Otto,
Dein Sterbebildchen beschreibt vielleicht ganz gut, wie es uns jetzt mit Dir geht. Auf der einen Seite: Dein Name, den die meisten wohl gar nicht richtig kannten: Günter Baier. Für viele

warst Du einfach „der Otto". Wenn ich mich recht erinnere, wusstest Du selbst nicht mehr: Warum eigentlich: „Otto" und wer Dich so genannt hat. Geboren bist Du am 8. April 1935 im polnischen Liegnitz, gestorben am 29. Dezember 2016 in Deinem klitzekleinen Zimmerchen in der Lindwurmstraße an einer besonders heimtückischen Gehirnhaut-Entzündung, die einen innerhalb von 24 Stunden töten kann. Das Bild zeigt Dich, wie wir Dich kannten: Du warst immer korrekt gekleidet, gepflegt, mit Sakko, den letzten Knopf des Hemds immer geschlossen und: der Musik lauschend. Ich bin mir sicher: Das Weinglas war nicht weit … Nur Deine Hände verrieten, dass Du schwere Arbeit gewohnt bist.

Und damit bin ich ganz kurz auf der Rückseite des Sterbebildchens: Es ist weiß. Und steht vielleicht dafür, daß Du für die meisten von uns ein eigentlich unbeschriebenes Blatt warst. Wir wissen fast gar nichts über Dich. Wie Du nach München kamst, wer Deine Eltern waren, ob Du Geschwister hattest, ob Du vielleicht mal verheiratet warst usw. In unserem Denken an Dich ist das aber im Grunde auch völlig unwichtig. Jeder von uns hat Dich ganz persönlich erlebt, Du warst Teil von uns und „ein echtes Münchner Original" wie es so wohl kaum noch jemanden gibt. Jeder von uns hat seine typischen Otto-Momente, seine Otto-Geschichten.

Ich hatte immer zu Dir gesagt: Otto, Du wirst uns noch alle überleben, so fit warst Du bis zuletzt. Es hat keiner damit gerechnet, dass Du so schnell von uns gehst. Wir vermissen Deine Pirouetten, Deinen Spaß an der Musik, Deine Begeisterung, Deine Leidenschaft für den Genuss und Deine

Freundlichkeit – sie waren einzigartig. Vor allem wenn man sich noch einmal vor Augen führt, was Du alles nicht hattest: Du warst der komplette Anti-Typ unserer Gesellschaft. Du hattest kein Auto, kein Telefon geschweige denn ein Smart-Phone, keinen festen Job, eine winzige Rente, ein kleines Zimmer ohne warmes Wasser und mit Etagen-Toilette, wusstest oft nicht, wie und ob das Geld am Ende des Monats noch reicht, weil es zu wenig Arbeit für Dich gab und musstest bis zu letzt arbeiten, um zu überleben – und um Deinen Hobbys zu frönen. Dabei hattest Du mal als Zahntechniker gearbeitet, aber der Beruf war mit Deinen Hobbys, dem Wein und der Musik, nicht vereinbar. Die meisten von uns hätten weniger getrunken und wären vielleicht nur noch 2 mal die Woche ausgegangen, um unseren Arbeitsplatz zu behalten. Nicht Du. Du wolltest frei sein. Und hast gekündigt.

Geld hat Dich nie wirklich interessiert. Sogar eine Erbschaft hast Du mehr oder weniger ausgeschlagen: „Wenn ich Geld brauche, arbeite ich". Und das dann doch geerbte Geld größtenteils verliehen (und nie wieder bekommen), verschenkt – und in Wein investiert. Deshalb bist Du wohl auch nie aus dem Zimmerchen in der Lindwurmstraße ausgezogen, obwohl Du immer zum Duschen ins Müllersche Volksbad fahren musste: Weil der Keller in dem alten Haus die perfekte Temperatur hatte – um Weine zu lagern.

Du warst ein Genuss-Mensch par excellence. Wein, Schokolade, Musik. Du hast Dein Leben in vollen Zügen ausgekostet und Dich Deinen Leidenschaften hingegeben. Zum Beispiel dem Pilze-Sammeln: Du kanntest Stellen, die keiner kennt.

Die Pilze werden die einzigen sein, die denken: Gut, dass der Otto nicht mehr da ist. Und: Du hast nie gejammert oder geklagt. Auch wenn Du nur noch einen Brillen-Bügel hattest, weil Du Dir den Gang zum Optiker nicht leisten konntest, auch wenn Dich die Stadt für ein Heidengeld zweimal zum Depperl-Test schickte, weil Dich die Polizei nachts bei einer Routinekontrolle seltsamerweise mit zu viel Alkohol im Blut erwischte. Auf dem Fahrrad. In dem Test kam dann dummerweise auch noch die Frage vor: Werden Sie in Zukunft wieder Alkohol trinken. Du hast natürlich „JA" angekreuzt:. ehrlich wie Du warst. Und musstest den Test deshalb wiederholen.

Nicht nur Wein, sondern auch Zeitungen hast Du gesammelt. So viele, daß sich die Decke Deines Zimmers nach unten bog. Als Dein Vermieter kam und meinte: „Schmeissen Sie die bitte weg" hast Du das sofort eingesehen und gesagt: „Sie haben recht. Wissen Sie, den Immobilien-Teil, den brauche ich nicht mehr" – und hast ihn aus den Zeitungen rausgenommen – und weggeworfen …

Dein Charme war einzigartig. Unvergessen früher Dein immer wiederkehrender Spruch zu Frauen an der Bar: „Deine Augen, Deine Augen – wenn ich Dich früher kennengelernt hätte, ich hätte Dich vom Fleck weg geheiratet …"

Du warst so dankbar, wenn Du gute Musik gehört hast. Am liebsten hättest Du alle Musiker auf alle Getränke eingeladen und musstest sie dann doch vertrösten: „Wenn ich mal im Lotto gewinne, dann, ja dann lade ich euch alle ein …"

Lieber Otto, Du warst eine wandelnde Litfasssäule. In Deinen Jacken-Taschen: Prospekte „wo man unbedingt noch hingehen muss". Und wenn es irgendwo auch nur einmal im Jahr Live-Musik gab, Du wusstest es. Wenn eine Bar auch nur eine Flasche guten Wein hatte: Du wusstest es. Und was Du auch immer wusstest, wo und wann Deine Lieblings-Sängerinnen auftraten. Da hattest Du eine unerschütterliche Reihenfolge, wer Deine Nummer 1, die Nummer 2 usw. war.

Lieber Otto, Du bist für uns alle ein Vorbild. So, wie Du gelebt hast, so, wie Du menschlich warst, so wie Du Dich nie und nimmer unterkriegen hast lassen. Wir können uns alle eine große Scheibe von Dir abschneiden. Und verzeih, das, was ich hier über Dich erzähle, ist nur ein klitzekleiner Ausschnitt Deines Lebens …

Bert Brecht hat einmal geschrieben: „Der Mensch ist erst wirklich tot, wenn niemand mehr an ihn denkt." Ich bin mir sicher, Du wirst noch lange, lange in unseren Geschichten, in unseren Erinnerungen weiterleben. Danke, daß wir Dich kennenlernen durften. Und so wie ich Dich kenne, schwingst Du Dich jetzt auf Dein Fahrrad, klemmst Deine braune Aktentasche in den Gepäckträger, rückst Deine Kappe zurecht, prüfst nochmal die Fahrradklammern an Deinen Hosenbeinen – und saust los, schaust, was im Himmel alles so musikalisch und weinmäßig geboten wird. Mach's gut Otto. Pass auf uns auf, Otto. (Rede auf Ottos Beerdigung am 8. Februar 2017)

PARIA GASTRONOMIA

Ausflug zur damaligen „SEB-Bank" im Tal: „Ich möchte gerne ein privates Giro-Konto bei Ihnen eröffnen." – „Gerne! Sind Sie selbständig oder angestellt?!" – „Selbständig." – „Welcher Bereich?!" – „Gastronomie." – „Oh, tut mir leid, das machen wir nicht!" – „Wie ‚tut mir leid, das machen wir nicht'?!" – Bank-Angestellter zieht eine Liste aus dem Counter, liest (wahrscheinlich stand dort: „Russische Mafia?! Kinderschänder?! Gastronomen?! Machen wir nicht!) und sagt wieder: „Tut mir leid, das machen wir nicht."

PARK-KUNST

Ein Polizist kommt rein. Ein Auto stehe vor dem Lokal. In zweiter Reihe. Geparkt auf den Straßenbahnschienen. Straßenbahnen stauten sich. Ob das Auto vielleicht einem meiner Gäste gehören könnte. – „Das kann ich mir nicht vorstellen, aber …" – Gehe von Tisch zu Tisch: „Parken Sie zufällig direkt vor der Bar auf den Straßenbahn-Schienen?!". Bis ich an den Tisch von zwei Damen komme. „Ja. Warum?!". Gehe mit einer der beiden Damen raus – und es passiert, womit keiner rechnen konnte: Sie legt sich mit dem Polizisten an. Es sei eine Unverschämtheit, man würde nicht erkennen, dass man hier nicht in zweiter Reihe parken darf. – Als sie zurück kam fragt sie mich noch, ob ich nicht jemanden im Service suchen würde. Sie würde gerne bei mir arbeiten. Ich kann mich nicht mehr genau erinnern, warum, aber ich habe dann doch „nein" gesagt.

OBENUNTEN

Hand-Zettel bekommen. Es gäbe eine neue „Partei" in München: „Les adieux – Die Auf-wiedersehen-sager, Partei der revolutionären Umverteilung".

Aus dem „Parteiprogramm", einem „Revolutionärem Manifest" in „8 Artikeln". Das „Motto": „Die, die heute unten sind werden morgen oben sein, die, die heute oben sind, werden morgen unten sein."

Meine Lieblinge:

Artikel 1: „Die Berufe, die heute unten sind (z.B. Krankenschwestern, Müllmänner, Kindergartenpädagogen, Bedienungen in einer Kneipe, Friseurinnen und, nicht zu vergessen, die Polizei und die Flüchtlinge u.s.w.) werden morgen doppelt so viel verdienen wie die, die heute oben sind (z.B. Chefs, Aktienbesitzer, Erben, Bankenmanager, Fabrikbesitzer u.s.w.). Diese Umverteilung wird Schritt für Schritt durchgeführt, als erster Schritt verdienen die unteren Berufe ab morgen doppelt so viel wie heute."

Artikel 8: „Diese Vorhaben werden umgesetzt, sobald wir über 50 % haben."

Klingt nach echtem politischen Realismus, das muss ein Erfolg werden.

PINKLING

Je berühmt-berüchtigter man wird, um so öfter kann es passieren, daß einer einem ans Bein pinkeln (ich liebe die Bildhaftigkeit der deutschen Sprache) oder "mit ihrem guten Namen" nicht zahlen, sondern Geld verdienen will.

Momentan bekommen Musiker E-Mails, in denen mein Name oder meine E-Mail-Adresse per Hand entweder in den E-Mail-Absender (zusätzlich zu einer "echten" Absender-Adresse) oder in den Text integriert wird.

"The documents of the rest of your fee is in an attachment" steht z.B. dort, selbstverständlich mit einem Link versehen, der dann zum "rest of your fee" führen soll ...

Oder, neueste Version: Eine Mail von "David Taylor, Head of Bus Banking Customer Support": "This email is to notify you, that you have sent a payment of \$1,407.47 to Thomas Vogler. Allow up to 2 days for this transaction to appear." Den Beleg der Transaktion soll man dann, natürlich, anklicken.

Das nennt man Realismus. Da kennt sich einer richtig gut aus. Ein echter Profi. Klar: Musiker machen täglich eigentlich nichts anderes, wie mir Geld zu überweisen.

PRÄGUNG

Es stellt sich ja immer wieder die Frage, der „musikalischen Prägung". Bei mir wird allgemein angenommen, ich hätte „den Jazz" quasi mit der Muttermilch aufgesogen. Darum …

Nö. Ich bin nicht in New Orleans geboren. Sondern in Schwabing. Meine Eltern wussten zwar, wie man „Jazz" schreibt, aber ich kann mich nicht erinnern, daß jemals eine Jazz-Platte zuhause gespielt wurde. Es gab: Mozart. Und: Mozart. Und, Sie werden es kaum glauben: Mozart.

Letzte Woche habe ich im Keller meine alten Schallplatten ausgegraben. Aufregend. Meine allererste Platte: „Wolfgang, von Gott geliebt. Die Geschichte des Kindes Mozart. Deutsche Grammophon". Klar. Meine zweite: Eine Doppel-Platte Vogelstimmen (nein, bitte keine Fragen stellen).

Mit Jazz wurde ich erst spät konfrontiert. Im Grunde erst durch eine „Tante" in der DDR, die mich in einen Schallplattenladen in Ost-Berlin mitnahm. Ich durfte mir Platten aussuchen, alle von „Amiga", dem DDR-Plattenlabel.

Da ich keine Ahnung hatte, griff ich wahllos zu. Nahm mit, was spannend klang: Juliette Greco. Bernstein spielt Brubeck, Brubeck spielt Bernstein, Mr. Acker Bilk in Leipzig ... Unter anderem aber auch: Conrad Bauer. Solo-Posaune. 1981. Ich konnte mir nicht vorstellen, wie das funktionieren soll: Eine ganze Platte Solo-Posaune. Free Jazz. Zirkularatmung. Ich kann es mir immer noch nicht vorstellen.

Die Platte entwickelte sich zum Albtraum für meine Umgebung. Wenn ich die Platte im Internat auflegte, hatte ich den Gang schlagartig für mich alleine. Mein Musiklehrer lieh sie sich aus, weil seine Kinder nicht aufstehen wollten. Conrad Bauer aufgelegt. Kinder in Sekunden aus dem Bett.

Ich habe sie mir gestern nach Jahrzehnten wieder angehört. Um ehrlich zu sein, ich habe es nicht geschafft, die Platte bis zum Ende durchzuhören. Auch heute habe ich keinen Zugang zu der Musik.

Aber da diese Platte der „VEB Deutsche Schallplatten Berlin DDR" für 16,10 Mark eine ganz eigene Geschichte hat, werde ich Sie natürlich ganz besonders in Ehren halten und, wenn Sie brav sind, nicht in meiner Bar spielen, aber nur, wenn Sie brav sind.

PUBLIC VIEWING

Amerikaner an der Bar, völlig irritiert: Er sei zum ersten Mal in Deutschland, gerade vom Flughafen gekommen, überall würde er vom „Public Viewing" im Zusammenhang mit Fussball lesen. Ob das ein Witz sein soll?! Wenn ja: Er würde den Witz nicht verstehen. – Ich habe ihm versucht zu erklären, dass „Public Viewing" hier nicht, wie im amerikanischen, „Ausstellung eines aufgebahrten Leichnams" bedeutet.

PUBLIKUM

„Wir möchten gerne bei Ihnen reservieren, möchten aber vorher wissen, ob Ihr Publikum etwas für uns ist." (auf dem Anrufbeantworter)

PRANGER

Auf der Homepage des „Bayerischen Landesamtes für Gesundheit und Lebensmittelsicherheit" gab es die im Volksmund „Internet-Pranger" oder „Gastro-Pranger" genannte „Liste der Verstösse gegen das Lebensmittel- und Futtermittel-Recht". Hier wurden, z.T. mit vollem Namen, Münchner Gastronomen genannt, die aus Sicht der Kontrolleure des KVR's beanstandet werden mussten. Ich frage mich, was das soll.

Für welche Berufe gab es sonst so einen öffentlichen, vom Steuerzahler bezahlten Internet-Pranger?! Für Banker, die Milliarden verzocken?! Für Politiker, die Steuergelder verschwenden?! Für Beamten, die ihren Job nicht machen?! Für Journalisten, die irgendeinen Schmarrn schreiben?! Für Ärzte, die gepfuscht haben?! Für … ?! Gibt es?! Nein.

Wenn Politiker glauben, Steuerzahler hätten Lust, einen Berufsstand zu diskriminieren – dann bitte nicht nur einen, sondern alle. Wir Gastronomen haben so einen Pranger nicht verdient. Wir tragen nicht ganz unerheblich dazu bei, was unsere Stadt ausmacht: Vielfalt. Und wir machen unseren Beruf mit Begeisterung und Hingabe – so wie alle anderen auch, die mit Freude ihren Beruf ausüben. Und wenn einer mal einen Fehler macht, dann wird er ihn beseitigen. Dafür braucht es keinen Pranger.

Gastronomen, die gravierend gegen ihre Pflichten verstossen, verlieren ihre Konzession. Und das ist auch gut so. Alles andere ist billiger Populismus und Effekthascherei.

PRINZ ALBERT VON MONACO

Frau sitzt an der Bar, schaut mich immer wieder lange an, plötzlich: „Irgendwie erinnern Sie mich an Prinz Albert von Monaco. – Haben Sie auch so viele uneheliche Kinder?!"

PRONAUNZT

Sängerin steht auf der Bühne, singt, auf englisch. Gast kommt an die Bar: „Entschuldigung, woher kommt denn die Sängerin?! Wissen Sie, ich war mal in Amerika. Aber die Dame hat eine ganz, ganz schlechte Pronaunziäschn!" – „Die Sängerin kommt aus Kanada." – „Äh, ja. Ach so."

QUIZ

Bei welchem handelt es sich um ein Zitat einer NSDAP- oder einer AFD-Größe:

* „Wir werden uns Deutschland Stück für Stück zurückholen."

* „(…) solche Menschen müssen wir selbstverständlich entsorgen."

* „Unsere deutsche Volksgemeinschaft ist krank. (…) Unser Deutschland leidet unter einem Befall von Schmarotzern und Parasiten, welche dem deutschen Volk das Fleisch von den Knochen fressen will."

* „Ich will, daß Deutschland nicht nur eine tausendjährige Vergangenheit hat. Ich will, daß Deutschland auch eine tausendjährige Zukunft hat."

- „Wir müssen unsere Männlichkeit wieder entdecken. Denn nur, wenn wir unsere Männlichkeit wieder entdecken, werden wir mannhaft. Und nur, wenn wir mannhaft werden, werden wir wehrhaft. Und wir müssen wehrhaft werden."

- „(wir) haben (…) das Recht, stolz zu sein auf die Leistungen deutscher Soldaten in zwei Weltkriegen."

- „Bei uns bekannten Revolutionen wurden irgendwann die Funkhäuser sowie die Pressehäuser gestürmt und die Mitarbeiter auf die Straße gezerrt. Darüber sollten Medienvertreter hierzulande einmal nachdenken."

- „Hitler und die Nazis sind nur ein Vogelschiss in über 1.000 Jahren erfolgreicher deutscher Geschichte"

- „Diese Kümmelhändler, diese Kameltreiber sollen sich dorthin scheren, wo sie hingehören. Weit, weit, weit hinter den Bospurus, zu ihren Lehmhütten und Vielweibern!"

- „Diese Schweine sind nichts anderes als Marionetten (…) und haben die Aufgabe, das deutsche Volk klein zu halten (…)"

- „Wir haben ganz überwiegend die Unterschicht (…) einwandern lassen. (…) Selbstverständlich zieht diese dann den Intelligenz-Durchschnitt in der aufnehmenden Bevölkerung nach unten. Und das gilt nicht nur für die eingewanderte Generation, sondern wegen der vererbten Veranlagung auch für die folgenden Generationen."

- „Die Bühnen des Landes (…) sollen neben den großen klassischen internationalen Werken stets auch klassische deutsche Stücke spielen und sie so inszenieren, dass sie zur Identifikation mit unserem Land anregen."

- „Wir müssen die Grenzen dicht machen und dann die grausamen Bilder aushalten. Wir können uns nicht von Kinderaugen erpressen lassen."

(alle sind von der AFD, kein einziges von der NSDAP)

RAMMSTEIN

Gast kommt an die Bar: „Herr Vogler, bei den hinteren Tischen ist ein Mann, der von Tisch zu Tisch geht, sich an die Tische setzt – und aus den Gläsern der Gäste trinkt."

Ich schaue mir das kurz an, gehe zu dem Mann und bitte ihn, sofort meine Bar zu verlassen. Er stellt sich direkt vor mich und zischt mich an: „Ich schlage Deinen Kopf so lange gegen die Wand, bis Dein Hirn runterläuft!"

Nur kurz musste ich überlegen, ob es sich vielleicht um einen Text der Gruppe „Rammstein" handeln könnte oder ob ich ein ernsthaftes Problem habe. Ich entschied mich für zweiteres, bin Gesicht an Gesicht ganz ruhig vor ihm stehen geblieben und wartete auf die von meinen Mitarbeitern gerufene Polizei. „Ganz ruhig" schreibt sich leichter, wie es ist, wenn einem das Angst-Adrenalin immer mehr zu Kopfe steigt, sie aber instinktiv das Gefühl haben, jede falsche Bewegung könnte zur Eskalation führen. Währenddessen zischte er mir weiterhin zu, was er alles mit meinem Schädel anstellen will.

Wenn es wenigstens eine attraktive Frau gewesen wäre, hätte ich der Situation ja vielleicht noch etwas positives abgewinnen können. Aber er hatte auch noch Mundgeruch.

REIFE

„Vogler, ich brauche einen reifen Mann!" – „Wie alt bist Du denn?" – „Neunzehn" – „Und wie alt soll er sein?" – „Zwanzig!"

REINKARNATION

„Herr Vogler, ich glaube ganz fest, dass Sie und ich in einem unserer vorherigen Leben eine Beziehung miteinander hatten!" (Dame an der Bar)

„ … ich muss ihren Blick auf die karmische/esoterische Evolutionstheorie etwas korrigieren: der Pool der umherwandelnden Seelen ist so unendlich groß, dass keineswegs jeder schon mal mit jedem … na Sie wissen schon! Es gibt auch Seelen, die sich überhaupt nur einmal inkarnieren (müssen), oder solche, die sich immer mit der gleichen Seelen-Familie umgeben. Viele warten Jahrtausende, bis sie wieder mal vorbeischauen, gleichzeitig werden auch immer wieder neue Seelen geboren (…fragen Sie mich jetzt aber nicht, woher die kommen). Ich kann nur sagen, es ist ein großes Kompliment, wenn jemand ein gemeinsames past life mit ihnen vermutet, denn die meisten Leute waren früher immer nur mit Napoleon oder Kleopatra liiert!" (Antwort eines Gastes per E-Mail)

RESPEKT

Für eine weltweit tätige NGO-Organisation und deren „Gala-Veranstaltung mit 320 Gästen" Bands vermittelt. Am Tag der Veranstaltung kam folgende E-Mail:

„Die Musiker sollen bitte zur Sicherheit unbedingt selbst Wurstsemmeln mitbringen! Leider ist voraussichtlich für die Musiker nichts zu essen übrig. Von ihrer Gage werden sich die Musiker schon 4 Semmeln leisten können."

SAXODRUMS

Gast zu Musiker: „Mein Sound ist so wie von Maceo Parker!" – „Du spielst Saxophon?!" – „Nein. Schlagzeug."

SCHENKUNG

„Hallo, wir würden gerne eine Getränke-Veranstaltung (…) in deiner Bar abhalten. (…) Wir (sind ein Club und) haben über 4000 Mitglieder. Unsere Mitglieder sind Ausgebürgerte, sowie Einheimische und Angehörige aller Alters-Klassen.

Wir haben „Weekend Social Drinks Evenings" am Freitag oder Samstag nachmittags gegen 19 Uhr bis 22 Uhr. Wir haben zwischen 20 bis 30 Leute an diesen Events. Bei allen diesen Veranstaltungen würden wir sie bitten, jedem unserer Mitglieder ein Gratis-Getränk zu spendieren. Entweder ein Bier, Wein, Mixed Drinks oder Soft Drinks. Das gratis Getränk ist Ihre Wahl und geht auf Ihr Konto, unsere Mitglieder werden dies nicht bezahlen. (…)

Hier sind Ihre Vorteile:

- Wir treffen früh ein und halten ihre Bar auf Trap, bevor ihre eigentlichen Kunden eintreffen.
- Ihre Bar wird beworben bei all unseren Mitgliedern.
- Wir werden ihnen einen TripAdvisor-Kommentar schreiben und ein Facebook Review hinterlassen wenn erwünscht.
- Wir werden regulär zu ihnen zurückkehren, wenn wir uns gut verstehen. (…)"

"Darf's noch ein bisschen mehr sein?!" Soll ich Sie vielleicht persönlich zu Hause abholen und nach Ihrem Gratis-Drink noch zu einer anderen Bar bringen, in der Sie auch einen Gratis-Drink konsumieren möchten?! Welche Band soll denn an dem Abend kostenlos für Sie spielen?! Möchten Sie vielleicht dann noch einen der Musiker für ein Privat-Konzert mit nach Hause nehmen?! Soll ich zusätzlich (kostenlos natürlich, klar, versteht sich doch, so unter Freunden) noch einen Schuhputzer organisieren oder darf ich das vielleicht sogar selbst übernehmen?! Sagen Sie nur, wenn Ihre Nase tropft (es ist ja Herbst und wir möchten unseren Gästen wirklich jeden erdenklichen Service kostenlos bieten), wir fangen Ihre kostbare Flüssigkeit gerne für Sie auf, füllen Sie in ein kristallenes Fläschchen und überreichen Sie Ihnen zum Abschied dann gerne in einem seidig-sanft-eingepackten Geschenk-Paket. Nichts von Ihnen soll doch an so einem Abend verloren gehen … Ich bin mir sicher, wir werden uns …

SEKTE

Über Umwegen Post von der „Scientology-Church" bekommen. Darin unter anderem: Eine Preisliste. Kostprobe?! Die „18 Grundlagen-Bücher und 14 (gedruckte) Grundlagen-Vorträge" kosten 4.575,– Dollar, zwölfeinhalb Sitzungs-Stunden „Flag-only Falllösungs-Rundown" (was für ein Name) 8.500,– Dollar, das „Flag-Willkommenspaket" mit „bis zu 3 intensive Flag-Sitzungen" 25.500,– Dollar und der Kurs „12 Intensive" 99.000,– Dollar.

Wissen Sie was: Ich gründe jetzt auch eine Sekte – was die können, kann ich doch schon lange: Sie akzeptieren mich einfach als Ihren Guru, überweisen mir Geld, müssen noch nicht einmal an Sitzungen teilnehmen (ist das nicht toll!) sondern sagen einfach 40x hintereinander am Tag laut und deutlich: „Vogler macht mich glücklich", „Vogler macht mich glücklich", „Vogler macht mich glücklich" …

Das nennt man dann eine Win-Win-Situation.

SEKXT

Dame kommt an die Bar: „Ich hätte gerne Sex!" – „Entschuldigung?!" – „Ich hätte gerne Sex!" – Die Dame hatte einen Sprachfehler. Sie wollte „Sekt".

Gast kommt an die Bar, möchte Geld für Zigarette gewechselt haben, zieht einen Hundert-Euro-Schein aus seinem Geldbeutel. „Tut mir leid, das ist nicht mein Geldbeutel – das ist der von meinem Zuhälter!"

SING MIT MIR

Sängerin auf der Bühne, Frau im Publikum singt laut mit. Ich bitte sie, dies doch bitte zu unterlassen. Frau singt weiter laut mit. Ich gehe noch einmal zu ihr. Bitte sie. Frau geht auf die Toilette. Ich wende mich an Ihren Begleiter. Er: „Es tut mir alles so leid, wirklich, ich kann nichts machen – sie ist meine Chefin!"

Jam-Session, „Sängerin" geht auf die Bühne, „singt": „It's not easy to be me". Gast an der Bar brummt: „Wennst net singen würdst, wär's nicht nur für Dich einfacher".

STICKEFINGER

Eine ganze Nation diskutiert über den „Stinke-Finger" von Varoufakis. Hat er. Oder hat er nicht. So what! Und dann soll Varoufakis auch noch gesagt haben: „… and stick the finger to Germany …" – Tse. Tse. Tse. – „Stick the finger" (das es so im Englischen ja gar nicht gibt) klingt natürlich für deutsche Ohren schon an sich wie „Stinke-Finger". Und was hat Griechenland und ein „Stinke-Finger" jetzt mit dem „Vogler" zu tun?! Tja. Das griechische Pendant zur deutschen GEMA heisst: „Dionysos". Was für ein Name! Dionysos, Gott der Freude, der Fruchtbarkeit und der Ekstase. Wow! Da braucht es keinen „Stinke-Finger". Und GEMA?! Welche griechische Gottheit der Lebensfreude und der Fruchtbarkeit ist denn das?! Keine. Natürlich. Sehen Sie, das sind die Unterschiede. Alles ein bißchen weit hergeholt?! Macht nichts.

SÜDTRIROL

Fragt mich kurz vor Eröffnung meiner Bar der Mitarbeiter einer Brauerei: „Wie soll denn Ihre Bar nun heißen?!" – „Vogler" – Schweigen. Kopfschütteln. Schweigen: „So kann man eine Bar heutzutage nicht mehr nennen. Mit seinem Nachnamen. Nein, wirklich nicht. Wissen Sie, ich habe selbst eine Gaststätte. Die heißt: „Südtiroler Stub'n". So muss ein Lokal heutzutage heissen!"

TAXI

Taxi gefahren, Fahrer erzählt: „Ich habe gestern einen Gast von Ihrem Lokal abgeholt. Als ich ihn fragte, wo er denn hin will, lallte er nur: „Das geht Sie gar nichts an!" – sei eine schwierige Fahrt gewesen.

TELTRIX

Das „Vogler" hat die Fest-Netz-Nummer 089-294662 – bei der Telekom. Diese Nummer ist auch auf allen Online-Plattformen als Kontakt-Nummer verzeichnet. Seit drei Wochen ist das „Vogler" allerdings telefonisch nur noch eingeschränkt erreichbar: Alle Anrufer, die von einer T-Mobile-Handy-Nummer anrufen, hören den immer gleichen Spruch: „Diese Ruf-Nummer ist uns nicht bekannt, bitte fragen Sie bei der Auskunft nach". Man erreicht also nicht von einer Telekom-Nummer eine Telekom-Nummer?! Bei der (Telekom-)Auskunft bekommt man dann wiederum die 089-294662 genannt, die man dann wieder anrufen kann, um dann wieder die Auskunft … usw.

Seit zwei Wochen versucht die Telekom nun, den Fehler zu finden. Dieser liege „auf einer untergeordneten Plattform", „auf einer Meta-Ebene". Hm. Meta-Ebene. Klingt gut. Klingt spannend. Klingt ein bisschen wie aus dem Film „Matrix". Bin ich vielleicht gar nicht mehr real?! Oder Sie?! Oder vielleicht doch die Telekom?! Vielleicht sollte ich mal bei der Auskunft anrufen …

Anruf eines Telekom-Service-Mitarbeiters: „Der Fehler müsste jetzt verschwunden sein." Müsste?! Verschwunden?! Hui Buh?! Denkste. Das hätte der Telekom-Mitarbeiter auch selbst testen können: wenn er mit seiner T-Mobile-Nummer das „Vogler" angerufen hätte. Aber auf die Idee muss man natürlich erst mal kommen …

Wieder die Hotline angerufen: „Der Fehler kann nur dann gefunden werden, wenn Sie uns drei verschiedene T-Mobile-Nummern nennen, die versucht haben, Sie zu erreichen – bitte mit genauer Uhrzeit." – „… ?! …" – Die Telekom kann intern keine drei T-Mobile-Nutzer finden, die, „weil es die einzige Möglichkeit ist, das Problem zu lösen", einen Festnetz-Anschluss der Telekom anrufen?! „Ja, sorry, ich bin selbst nicht bei T-Mobile sondern bei einem anderen Anbieter." Wow. Die drei Nummern konnte ich der Telekom nennen. Mit Uhrzeit. Danke. Bitte. Bin ich erreichbar?! Immer noch nicht.

„Erleben, was verbindet" – der Slogan der Telekom. „Erleben, wer Euch trennt – Deine Telekom" wäre momentan passender (aber ich bin mir sicher, es dauert nur deshalb so lange, weil die Telekom grübelt und grübelt, wie sie mich angemessen entschädigen kann – so wird es sein).

TONART

„Ich rufe nur an, um zu fragen, welche Tonart Sie denn in Ihrem Club bevorzugen, ob Sie eher Sachen in G-Moll spielen lassen, die großartige Klangart G-Moll oder doch eher C-Moll, die undeutlichere und traurige Variante der Tonarten.

Ich werde in den nächsten Tagen noch einmal in die Leitung steigen, um Sie zu kontaktieren." (auf dem Anrufbeantworter)

TRAMBAHN

Letzte Woche in die Trambahn eingestiegen, ganz hinten, Tram voll besetzt, fährt los, plötzlich tönt es aus dem Lautsprecher:

„Herr Vogler, Herr Vogler, bitte kommen Sie zum Fahrer!"

Äh. Der Fahrer war ein Stammgast. Da kommt man sich vor, wie in der Schule, wenn man zur Strafe zum Lehrer an die Tafel musste (und das musste ich oft, sehr oft).

TRINKGELD

Frau bezahlt. Legt 50 Cent Trinkgeld hin. Und fragt: „Nehmen Sie Trinkgeld, oder nehmen Sie meinen Körper?!" Dreht sich um und geht.

TRIPADVISOR

Sie glauben, Sanktionen gäbe es nur gegen „Schurken-Staaten"?! Nein. Gibt es auch gegen Jazzbars. Glauben Sie nicht?!

Das Bewertungsportal „TripAdvisor" schrieb an den „Schurken" Vogler: „Ihr Unternehmenseintrag ("Jazzbar Vogler") ist (…) auf unseren Seiten sanktioniert worden". Sanktioniert?! Das „Vogler" verschwand plötzlich auf „TripAdvisor" und tauchte Tage später, trotz hervorragenden Bewertungen, abgeschlagen auf Platz 126 einer völlig anderen Kategorie wieder auf. Aha. Aber: Was hat der böse, böse Vogler denn eigentlich nun schon wieder verbrochen?!

Ein „TripAdvisor-Bewerter" Namens „zorrozwo" schrieb folgende 1*-Bewertung: „Sehr schlechtes Essen. Arroganter Chef. Es gibt wenig gute Jazz Clubs in München, aber Vogler braucht keiner. Auch wenn er schon seit 20 Jahren Musiker ausbeutet (…)"

„Zorrochen" bekam eine Anzeige wegen „Verleumdung". „Gegen unbekannt", da „TripAdvisor" den Echt-Namen nicht freigab. Zur Kenntnis an: die deutsche Vertretung.

„TripAdvisor" löschte nach mehreren Tagen „zorros" Eintrag. Ein Jahr später (!) aber sanktionierte „Trip-Advisor" das „Vogler" und schrieb als Begründung: „Wir weisen (…) darauf hin, dass TripAdvisor jede Bedrohung eines Benutzers (einschließlich Drohungen mit rechtlichen Konsequenzen), (…), als Verletzung unserer Richtlinien erachtet."

Ist das nicht großartig?! Das ist ein echter Persil-Schein. Verleumdet Gastronomen und Hoteliers: Der Bewerter wird geschützt. Und: Als Opfer hingestellt. Klassische Umkehrung des Täter-Opfer-Prinzips.

„TripAdvisor" schrieb mir später: „Die Informationen über die Verhängung oder Aufhebung von Sanktionen sind geheim (…). Ich kann Ihnen jedoch versichern, dass wir mit unserem Popularitätsindex (sic!) eine langfristig wirksame Richtlinie besitzen, mit der Sie in Bezug auf Ihren Eintrag verhängte Sanktionen schrittweise abschwächen können, sofern wir keine weiteren verdächtigen Aktivitäten feststellen." – Inzwischen wurden die Sanktionen kommentarlos aufgehoben.

UMWELTSCHUTZ

„Sie, als Kenner der Gastro-Scene, wissen: Längst ist das Klischee, dass Einweggeschirr ausschließlich von Imbissstandbetreibern eingesetzt wird, Vergangenheit. Heute werden diese praktischen Helfer auch in der gehobenen Gastronomie (…) verwendet.

Der gedeckte Tisch, ob zum Frühstück, Brunch oder Dinner ist Ihr gastronomisches Aushängeschild! Für den ersten Eindruck gibt es einfach keine zweite Chance. (…) Wichtig im Einweg-Bereich ist einfach, eine gleichbleibende Qualität auf die Sie sich täglich verlassen können. (…) Besteck, Becher, Tassen, Gläser, Sekt- oder Weinkelche … Alles was Sie sich hier vorstellen können, finden Sie bei uns. (…) Dem Trend immer eine Nasenlänge voraus, so machen Sie richtig Gewinn!" (E-Mail eines Lieferanten)

VIP

„Mein Name ist (…) Ich bin ein wichtiger und bekannter Presse-Fotograf und habe die Veranstaltung heute unglaublich promotet. Ich hätte gerne einen Tisch im VIP-Bereich. Ich bin gewohnt, dass ich und meine Assistentin weder Eintritt noch Getränke zahlen. Und wenn das nicht klappt, weiss es morgen die ganze Stadt!" (per E-Mail)

VISUM

Als ich das letzte Mal in die USA flog, vor über 20 Jahren, habe ich im Flugzeug einen kleinen Zettel ausgefüllt: Das reichte als Visum. Heute, so lerne ich gerade, muss das Visum im Vorfeld online bestellt und eine ganze Menge Fragen beantwortet werden. Mein Liebling: Frage Nummer 4:

„Trachten Sie danach, sich an terroristischen Aktivitäten, Spionage, Sabotage oder Genozid zu beteiligen, oder haben Sie sich jemals an derartigen Aktivitäten beteiligt?"

Wow. Warum diese Frage?! Sogar ein geistig völlig minderbemittelter Terrorist dürfte wissen, dass er hier nicht mit „Ja" antworten sollte. Aber wahrscheinlich, so die Hoffnung der NSA, der CIA oder wem auch immer, greift Herr Terrorist zum Telefon und ruft seinen Chef an, ganz sicher ist das so:

„Scheff! Du weisst, ich will immer alles gaaaanz genau wissen. Also, Scheff, Fraaaaage: Was ist Trachten?! Und: Was ist Genozid?! Mache ich Genozid, wenn ich meine Bombe zünde?!"

Und schon, schon schnappen die Handschellen zu. Ganz schön clever, die Amerikaner.

VORHER

„Was haben Sie denn eigentlich „vorher" gemacht?!" Vor der „Jazzbar"?! Auch wenn ich langsam in das Alter komme: Gab es denn überhaupt ein „vorher".

„Vorher" machte ich z.B. noch „Karriere" beim Radio. Bei „radio kö/ok". In Augsburg. Der Sender, damals die „Nummer 1", hat 2002 seinen Betrieb eingestellt. Eigentlich wollte ich ja moderieren. Durfte ich aber nicht. Dafür wurde ich von Barbara Volland, die bei „Bayern 3" jahrelang die „Schlager der Woche" moderiert hatte, mühsamst zum Nachrichtensprecher trainiert.

Seltsamerweise bekam ich aber als Nachrichten-Sprecher nie meine Nervosität vor dem Mikrofon in den Griff. Obwohl ich vorher schon Theater und Kabarett gemacht hatte. Das gipfelte dann in einem fatalen Versprecher.

Damals wurden vor die Nachrichten immer noch der Ort, aus dem berichtet wurde, gesetzt: „Rom, …", „New York, …". Macht man nicht mehr. Blöderweise war gerade Irak-Krieg. Und ich sollte: „Bagdad" sagen. Tat ich aber nicht. Sondern aus Versehen: „Bhagwan" (die ganz Jungen werden gar nicht mehr wissen, wer das war: ein Guru). Ich kam aus dem Lachen nicht mehr raus.

Blöd für eine seriöse Nachrichten-Sendung. Und auch blöd für mich.

WALRUSSI

„Ihre Meinung ist uns wichtig" titelte Joachim Käppner in einem ganzseitigem Artikel der „Süddeutschen Zeitung" über das Problem von Bewertungen im Internet und schrieb unter anderem:

„So wurde der Wirt einer Münchner Jazzbar, der ein ‚Nutzer' per Schmähkritik miserables Essen bescheinigte, obwohl es dort gar nichts zu essen gibt, vom Portal (Tripadvisor) anfangs behandelt, als habe er einen Schlägertrupp losgeschickt – er hatte völlig zu Recht seinen Anwalt mobilisiert."

Als habe man einen Schlägertrupp losgeschickt fühlt man sich als Gastronom aber manchmal nicht nur von Bewertungsportalen, sondern auch von „Bewertern" behandelt. Beispiele, über die ich mich zum Teil richtig geärgert habe:

Letzten Samstag bekam ich während des laufenden Betriebs vier 1-Stern-Bewertungen auf Google. Als ich zum Tisch ging, um die „Bewerter" zu fragen, was Ihnen denn nicht gefallen hätte und wo das Problem wäre, war keiner, und das ist leider inzwischen typisch, dazu in der Lage, Stellung zu beziehen. Auf das Smart-Phone drücken ging. Sich dahinter zu verstecken ging auch. Reden?! Begründen?! Fehlanzeige. Wahrscheinlich war es der Klassiker: „Wieso sollen wir Eintritt bezahlen?!"

Was es früher auch nicht gab: Gäste setzen sich in eine Bar und wollen nichts konsumieren. Nicht, weil sie es sich nicht leisten könnten. Nein, aus Prinzip. Dass das nicht geht, dürfte selbstverständlich sein. Was dann aber noch erschwerend hinzukommt: Der Gast schreibt eine schlechte Bewertung. Natürlich nicht über sich, sondern über den Gastronom der ihn „zwang", doch wenigstens ein kleines Wasser zu trinken.

Jeder … hat inzwischen ein Smart-Phone und darf (meist) feige und anonym die, die sich über Jahre und Jahrzehnte etwas aufbauen, mit irgendeinem Blödsinn in die Pfanne hauen. Da sind so Geistes-Größen wie „walrussi" dabei, der nicht nur das „Vogler" schlecht bewertete, sondern auch eine Aral-Tankstelle mit nur 1-Stern, weil: „die nur 5 Snickers im Regal hatten". Nur 5 Snickers im Regal?! Ein echtes Problem.

Nur ein paar Beispiele von vielen. Aber: Manch Bewerter wird sich, nachdem er meine Antwort auf seine „Bewertung" gelesen hat, ebenfalls fühlen, als hätte ich einen Schlägertrupp losgeschickt. Alt-Testamentarisch. Ich weiß. Aber tut manchmal einer geschundenen Gastronomen-Seele einfach nur gut.

WIRTEWITZ

Letzte Woche, ein Gast will beim Bezahlen noch einen kleinen Witz machen: „Wie heisst der Spruch noch: Wer nichts wird, wird Wirt!" – Meine Antwort: „Das stimmt: Wer nichts wird, wird Wirt. Wer gar nichts wird: Betriebswirt. Und wer überhaupt nichts ist: Jurist." – Der Herr war (was ich ahnte): Jurist – und fand den Spruch gar nicht witzig. Ich würde mal sagen: Treffer – versenkt.

WIRTSHAUSWIESN

Mein absolutes Lieblings-Wort dieses Jahr wird: „Wirtshaus-Wiesn". Ich werde es mir im „Bravo-Starschnitt-Format" (gibt es das eigentlich noch?!) in mein Schlafzimmer hängen, so gerne habe ich das Wort. Echt.

"WirtshausWiesn" ist ein Wort, das einfach passt. Ein Wirtshaus. Und die Wiesn. Das ist der gelungen Versuch, ein Bier-Zelt in ein Bier-Zimmer zu pressen. Das kann doch nur funktionieren. Ein gutes bayerisches Wirtshaus vermittelt eben nicht von sich aus das Gefühl: Bayerische Gastlichkeit mit bayerischen Schmankerln und einer zünftigen Blasmusik. Ich verstehe, dass das nicht reicht. Das muss man aufpimpen, geiler machen, neudeutsch: relaunchen.

Es ist einfach gerade die perfekte Zeit, so richtig die Sau raus zu lassen. Seien Sie ehrlich, das ist doch auch ihr ganz geheimer Traum: Rauf auf den Tisch. In der einen Hand die Nebukadnezar. In der anderen Hand mindestens drei Schöne, deren Namen Sie Morgen eh schon nicht mehr wissen. Und dazu irgendein Lied grölen, deren drei Wörter Sie sich gerade noch so merken können. Das ist einfach ein Lebensgefühl. Bayerisch. Münchnerisch. Zeitgemäß. Pfundig.

Weil, und das ist eh klar, ein Jahr ohne Oktoberfest, also einer „ZeltWiesn", kann ein Münchner nicht überleben. Das ist wissenschaftlich bewiesen. Überlegen Sie nur, wie hoch die Sterblichkeit war, als es noch kein Oktoberfest in München gab. Im Mittelalter zum Beispiel. Sehen Sie. Beweis.

Und dazu, klar, noch das passende Marketing: Die Homepage „WirtshausWiesn.de" ist keine, wie Sie vielleicht in Ihrer grenzenlosen Naivität annehmen, Homepage der teilnehmenden Gastronomen, i wo, es ist, wenn schon, denn schon, eine Seite des „offiziellen Münchner Stadtportals" muenchen.de, also: der „Stadt München".

"livemusikinmuenchen.de", nur als Beispiel, ist keine Seite „des offiziellen Münchner Stadtportals". Die Seite gibt es gar nicht. Meng ma ned. Brauch ma ned. Versteh' ich. Schliesslich sind 14 Tage „WirtshausWiesn" auch viel wichtiger, wie 365 Tage Live-Musik-Kultur. Tusch. Oans, zwoa, gsuffa.

WirtshausWiesn. Einfach schee. (2019)

WÜRSTL

Stellen wir uns vor, in der Türkei wären in einem Zeitraum von zehn Jahren zehn Menschen von einer nationalistischen türkischen Untergrund-Organisation ermordet worden, acht davon deutschstämmige Geschäftsmänner. In der türkischen Öffentlichkeit und in den Medien hiessen diese Morde nur: „Würstl-Morde" – weil eines der Opfer eine Würstchenbude hatte. Einen besonderen Ermittlungsdruck hätten die türkischen Behörden nie gesehen: Sie gingen davon aus, die Opfer führten ein kriminelles Doppel-Leben. Nach 10 Jahren wären die Täter durch einen Zufall gefasst worden – und nach und nach käme ein komplettes Versagen der türkischen Sicherheitsbehörden an die Öffentlichkeit. Zum Prozess in der Türkei versuchte die türkische Justiz, weder den deutschen Botschafter noch deutsche Berichterstatter zuzulassen. Erst der Oberste Gerichtshof würde dem Einhalt gebieten. Und jetzt versuchen wir uns vorzustellen, welche Reaktionen all dies, die Morde, das Versagen, die Ignoranz, in den deutschen Medien, der deutschen Politik, der deutschen Bevölkerung hervorgerufen hätte …

Das alles ist aber nicht in der Türkei passiert. Es ist hier bei uns passiert. Zwei der Morde geschahen an Münchner Bürgern – direkt vor unserer Haustür. Und wenn nicht einmal das die Verantwortlichen in der Münchner Justiz, der Stadt, des Landes und des Bundes sensibilisiert, dann frage ich mich: Was um Himmels Willen stimmt bei uns nicht?! – Ich finde das alles nur eines: Sehr, sehr beschämend.

WM 2006

Der Gaststättenverband hat mir einen Sprachführer für die WM geschickt. Wenn Sie schon immer einmal auf persisch „Wir wünschen Ihrer Mannschaft viel Erfolg" sagen wollten, dann sagen Sie bitte: „Baraye leame meli Iran arezooye shoma Khosh begzareh." Easy.

Y(H)ELP

Der "Bundesgerichtshof" hat im Januar 2020 letztinstanzlich über die Klage einer Fitness-Studio-Betreiberin gegen das Bewertungs-Portal "yelp" geurteilt, die den Prozess gegen "yelp", für mich überraschenderweise, verlor. Aus meiner Sicht: Ein fatales Signal.

Um zu verdeutlichen, um was es geht: Wenn Sie das Studio googelten und zur Orientierung "yelp" aufriefen, sahen Sie groß den "Bewertungs-Durchschnitt" von nur 2,5, basierend auf 12 "empfohlenen" Bewertungen: Wenn Sie dann ganz nach unten scrollen sollten (was erfahrungsgemäß kaum einer macht), fanden Sie einen schmalen, kleinen Satz: Diese 81 Beiträge, "die zur Zeit nicht empfohlen werden", haben einen Bewertungs-Schnitt von 4,59 - 62 der 81 sind 5-Stern-Bewertungen.

Warum das Verhältnis 81 zu 12 ist, wurde nicht schlüssig erklärt. Es handele sich dabei letztendlich, wie heutzutage üblich, um einen "Algorithmus". Damit müssen Menschen keine Verantwortung mehr übernehmen, wer kann schon einen

Algorithmus verklagen (und verstehen). "So isser halt, mein Algi, da kann man nichts machen".

Das Urteil des BGH ist ein Freibrief für Bewertungs-Portale, die an und mit den bewertenden Unternehmen Geld verdienen wollen. Ein Schelm, der unterstellt, das Fitness-Studio hätte ja nur Anzeigen bei "yelp" schalten müssen, um das Ranking zu verbessern.

Wie Sie sich vielleicht erinnern, hatte auch ich mich gegen eine Ein-Stern-Bewertung, nicht bei "yelp", auf "TripAdvisor", u.a. wegen Verleumdung, gewehrt. Die Bewertung wurde zwar gelöscht (der Bewerter durfte dafür dann eine Zwei-Stern-Bewertung abgeben), ein Jahr später wurde ich, nicht der Bewerter, von "TripAdvisor" sanktioniert. "TripAdvisor" löscht aber immerhin manchmal offensichtliche Fake-Bewertungen und blockiert Accounts, wenn z.B. plötzlich eine auffallend hohe Anzahl von Ein-Stern-Bewertungen getätigt werden.

Wesentlich problematischer ist "Google". "Google" macht sich immer wieder zum scheinbar willfährigen Gehilfen z.B. rechtspopulistischer Bewegungen. Unternehmen, die sich öffentlich gegen Rechts stellen und daraufhin gnadenlos mit, selbstverständlich anonymen, Ein-Stern-Bewertungen bewußt geschäftsschädigend mundtot gemacht werden sollen, werden von "Google" dem Mob ohne jegliche Hilfestellung ausgeliefert. Die einzige Chance, um solche Bewertungen zu löschen: Gegen "Google" zu klagen. Aber wer macht das schon

Bezeichnend ist dabei aber auch, daß Sie Bewertungen nur "liken" aber nicht "disliken" können. Damit entsteht wieder eine Einseitigkeit. Vor allem, weil Sie die Antworten der sich gegen den Mob wehrenden Unternehmer weder "liken" noch "disliken" können.

Es geht wie immer: Ums Geld. Je mehr Traffic auf einer Seite, um so mehr Geld kann bei Anzeigen-Schaltungen etc. verdient werden. Der Gastronom, das Fitness-Studio, der Selbständige, um dessen Existenz es geht, ist nur ein austauschbarer Name. Daß es sich dabei um einen realen Menschen handelt, ist für Unternehmen wie "Yelp" oder "Google" nicht mehr relevant. Es lebe: Der Algorithmus.

Daß dies alles der "Bundesgerichtshof" nicht ansatzweise berücksichtigt hat, sondern sein Urteil auf die "Berufs- und Meinungsfreiheit" stützt, ist eigentlich blanker Hohn.

Aber vielleicht sind uns die Richter einfach schon einen großen Schritt voraus: Sie scheinen ein großer Fan von jeglicher Form von Algorithmen und anonymen "Bewertern" zu sein. Vielleicht kannten sie das Wort "Algorithmus" aber auch gar nicht und dachten, es wäre etwas essbares - "Algen-Rhythmus"?! Weiß man's?! Wie auch immer: Guten Appetit. Beim Essen von Algo-Rithmen. Und von uns Selbständigen. Nur als Warnung vorweg, ich bin lebend schon sehr, sehr schwer verdaulich.

ZAHNARZT

Ein Schreiben der „Zahnärztlichen Abrechnungs-Gesellschaft" bekommen. Grund: Große Probleme mit einem von meinem Zahnarzt gesetzten Implantat:

"Da der Zahnarzt keinen Erfolg schuldet, spielt das Leistungsergebnis für das Entstehen des Honoraranspruchs zunächst keine Rolle. Entscheidend ist einzig und allein, welche Behandlung der Zahnarzt nach dem Behandlungsvertrag erbringen sollte. (…) Die Qualität der Heilbehandlung spielt für das Entstehen des Anspruchs formal gesehen keine Rolle, solange die Leistung nicht völlig wertlos und unbrauchbar ist."

Übersetzt auf „gastronomisch" heisst das: Da ein Gastronom Ihnen keinen Erfolg schuldet, ist es völlig wurscht, was Sie für ihr Geld bekommen. Wenn Sie zum Beispiel eine Flasche Champagner bestellen, in der Flasche aber nur Leitungswasser statt Champagner war, dies aber zum „Champagner-Preis" berechnet wird, so ist das absolut korrekt, da das, was Sie getrunken haben, nicht „völlig wertlos und unbrauchbar" war (oder wollen Sie etwa ernsthaft behaupten, Leitungswasser sei „völlig wertlos und unbrauchbar"?!).

Rein formal gesehen.

ZEUGNIS

Normalerweise wird mir ja kein Zeugnis ausgestellt. Warum auch. Sie werden vielleicht eine Meinung über mich haben.

Wenn überhaupt. Aber ein Zeugnis?! Selbständige bekommen heutzutage „Bewertungen" auf Google oder TripAdvisor – moderne „Zeugnisse".

Ein ganz klassisches, sehr, sehr salbungsvolles Zeugnis, ein „Chef-Zeugnis", bekam ich letzte Woche von einer langjährigen Mitarbeiterin, die diesen Sommer zu arbeiten aufgehört hat.

Teile davon möchte ich Ihnen nicht vorenthalten. Die anderen Teile gehen Sie einen Punkt Punkt Punkt an.

„Herr Thomas Vogler (…) hat vom 18. August 2010 bis zum 4. Juli 2019 – beinahe ein ganzes Jahrzehnt, als mein Chef in der Jazzbar Vogler gearbeitet. (…) Grandiose Musiker, umwerfende Kellnerinnen und charmante Kellner, Institutionen wie der „Blumenmann" oder „Otto" … (prägten diese Zeit).

Vogler bewies außerordentliches Talent in der Auswahl der Musiker. Einige blieben ihm über die Jahre erhalten (…) andere setzte er stante pede vor die Tür – nicht jedoch ohne sich hierfür in dem berühmten japanischen Manga „Blue Giant Supreme" verewigen zu lassen.

Die Einrichtung der Bar entspricht dem künstlerischen Anspruch des Barbesitzers und beschäftigt so manch einen Gast den ganzen Abend mit philosophischen Anregungen wie „blau ist eine Farbe vor gelb" – und inspiriert wiederum andere, hier Filme zu drehen.

Für die Mitarbeiter im Vogler gilt: 10 min vor der Zeit ist des Mitarbeiters Pünktlichkeit. (…) Der erste Gast betritt die Bar und dem Chef entfährt das stadtbekannte „N'Aaaaaaaabend" (als Mitarbeiter/in wird man liebevoll mit „Ciao Bella/Bello" begrüßt – vorausgesetzt, man kam pünktlich).

Hat der Gast reserviert, so sollte er sich lieber vorsehen und schnellstens alle relevanten Angaben zu seiner Reservierung machen, sonst wird er dafür vom Chef auf die Schippe genommen ("ich habe reserviert" alleine hilft nun mal rein gar nichts, wenn der Name nicht genannt wird) … (…)

(Dann) bleibt nur zu hoffen, daß nicht alle Gäste um 20:30 Uhr auf einmal kommen, sonst heißt es wieder: „alle gegen den kleinen dicken Vogler". Ist die Bar gefüllt und alle Gäste zufrieden, werden die ersten Vogler-Kondome geordert. Inwiefern der Anstieg der Weltbevölkerung (damit) korreliert oder ob gar ein Kausalzusammenhang festgestellt werden kann, ist noch nicht abschließend geklärt. (…)

Früher gab es Pesto. Selbstgemacht vom Chef. Wer einmal davon gekostet hat. ist noch heute auf der Suche danach … (…)

Der Chef trägt immer ein Hemd. Er arbeitet so hart, daß sogar Gäste ihn darauf ansprechen und offen bezweifeln, daß „ihr Chef ihnen zahlt was sie wert sind". In seiner Freizeit trägt Herr Vogler Schiebermütze (…) und verwirklicht sich in seinen legendären Newslettern. In ihnen macht er auf Missstände aufmerksam, setzt sich altruistisch für Menschen ein, die seine Hilfe benötigen und kämpft für die Gerechtigkeit. Er gehört langst zum Establishment des Glockenbachviertels und darf mit aller Hochachtung als guter Mensch bezeichnet werden.

Die Zusammenarbeit mit Herrn Vogler verlief stets zu meiner vollsten Zufriedenheit. (…)"

Liebe Janna, meine Gäste, meine (nicht stante pede vor die Tür gesetzten) Musiker und ich werden Dich vermissen. Danke für wunderbare 10 Jahre, für Deine Loyalität, Deine Ehrlichkeit, Deinen Fleiß und das „den-kleinen-dicken-Vogler" ertragen.

ZISCH

Gast kommt vom Rauchen zurück: „Da steht eine Frau vor der Bar, mit der stimmt etwas nicht."

Ich gehe raus, spreche die Frau an, sie dürfte Ende zwanzig gewesen sein. Sie stellt sich direkt vor mich. Plötzlich fletscht sie ihre Zähne, hebt ihre Arme, zischt mich an und faucht etwas unverständliches. Sie bleibt zischelnd vor mir stehen und beginnt, sich in den Knien wiegend, links und rechts in die Ecken zu spucken. Anschliessend streichelt sie mit ihrer rechten Hand liebevoll den Kasten an der Tür. Gleichzeitig murmelt sie irgendwelche „Formeln". Nach einer Weile will sie in die Bar. „Tut mir wirklich leid, ich habe heute eine Geschlossene Gesellschaft." (Manchmal muss man einfach lügen.) Sie verstand und begann langsam, immer noch mit wiegenden Knien, stetig zischend, sich zurückzuziehen, stülpte sich ihre graue Kapuze über den Kopf, streichelte erst die

Hauswand, dann die Autos … und verschwand, in die leicht neblige Nacht …

ZUKUNFT

Langsam muß ich mir Gedanken um die Zukunft machen. Nein, nicht so, wie Sie jetzt denken. Nö. Um die Zukunft der Gastronomie. Konkret: Wie wird eine Jazzbar in 40 Jahren ausschauen, wenn immer mehr Roboter den menschlichen Arbeitsplatz übernommen haben. Liest man ja ständig.

Klassische gastronomische Betriebe wird es nicht mehr geben. Unternehmen wie das chinesische „Chinozon" („Amazon" spielt dann nur noch eine marginale Rolle) werden, da der Einzelhandel vernichtet ist, gastronomische Betriebe zur Perfektionierung des gläsernen Kunden als ideale Abverkaufs- und Test-Plattform nutzen.

Alle gastronomischen Betriebe wurden von „Chinozon" aufgekauft, entkernt, mit einem einheitlichen Design ausgestattet, wobei es in München pro Stadtteil dann nur noch einen „Asiaten", einen „Italiener", einen „Bayern" und: eine „Jazzbar" gibt. Der Grund: Der Gründer von „Chinozon" war Hobby-Musiker (Blockflöte), Jazz-Fan und nannte seine beiden Hunde „Arm" und „Strong".

Jeder Mensch bekommt schon bei Geburt einen Chip eingepflanzt, Ur-Alt-Menschen wie ich werden zwangsgechipt. Kommen Sie dann ins „Vogler" wird Sie der Grüß-Roboter mit „Guuuuten Aaaaabend" in Ihrer auf dem Chip gespeicherten Muttersprache willkommen heißen und Ihre Fragen beantworten.

Ihre Lieblings-Fragen sind u.a.: „Haben Sie schon auf?!", „Haben Sie heute Live-Musik?!", „Wie lange dauert die Pause noch?!" und „Ist der Tisch auf dem das Reserviert-Schild steht wirklich reserviert?!". Der Grüß-Roboter (der, warum auch immer, mit meinem Manga-Gesicht ausgestattet wurde, irritierenderweise dem mit der Sprechblase „We don't need you") wird alle Ihre Fragen geduldigst beantworten (auch wenn Sie diese 10x hintereinander stellen).

Beim Betreten wird der Eintrittspreis bereits abgebucht. „Wir zahlen keinen Eintritt, wir haben doch gar nicht zugehört", „Wir sind doch erst um 22 Uhr gekommen, müssen wir trotzdem den vollen Eintritt zahlen?!" oder „Gilt der Eintritts-Preis pro Person oder für unsere ganze Gruppe?! etc. sind im System als Storno-Gründe nicht angelegt. Allein schon deswegen, weil Sie bei Betreten automatisch einen Kopfhörer und eine 4-D-Brille (die auf „Jazzbar" konfiguriert wurde) aufgesetzt bekommen. Live-Musik gibt es nicht mehr. Sie können aber am Grüß-Roboter einstellen, welche Musik Sie später hören wollen. Die Musik-Roboter auf der Bühne dienen nur als romantische Reminiszenz an eine längst ausgestorbene Spezies.

Die Service-Roboterin wird Ihnen dann einen Platz zuweisen. Der Stuhl an diesem entspricht ebenso den auf Ihrem Chip eingetragenen Werten Ihrer Krankenkasse, wie die „Getränke" und das „Essen", die exakt auf Ihre Leber-, Blut- und sonstigen Werte abgestimmt sind – und in Pillen-Form auf den Tisch kommen, die Sie mit dem an Ihrer 4-D-Brille befestigten Saug-Rüssel „konsumieren" können …

Doch plötzlich … (hier kommt Ihre Fortsetzung der Geschichte …)

ZUNGENSPEZIALITÄTEN

Sollten Sie auf den wirklich völlig bescheuerten Gedanken kommen, auch einmal eine Jazzbar aufzumachen, werden Sie irgendwann nicht mehr an einem Google-Eintrag vorbeikommen. Für Ihren Eintrag müssen Sie eine fest vorgeschriebene „Unternehmens-Kategorie" auswählen. Wenn Sie bis dato noch nicht festgestellt haben, dass Sie mit Ihrer Jazzbar ein kompletter Exot sind: Jetzt ist es soweit. „Jazzbar"?! Gibt es nicht als „Kategorie". Aber zum Beispiel: „Jain-Tempel", „Jacht-Makler" und: „Japanisches Restaurant für Zungenspezialitäten". Spätestens jetzt sollten Sie es sich noch einmal überlegen.

Fast hätte ich es vergessen:

DER KOTZENDE HUND

Musikerin kommt mit ihrem Hund, Hund setzt sich vor die Bühne. Musikerin spielt ein paar Töne. Fängt zu singen an. Hund: Kotzt.

INHALT